幸好，有你

张海新　杨一晨　　著

北方文艺出版社

·哈尔滨·

图书在版编目（CIP）数据

幸好，有你 / 张海新, 杨一晨著. —— 哈尔滨：北
方文艺出版社, 2025. 3. —— ISBN 978-7-5317-6558-5

Ⅰ. I267

中国国家版本馆CIP数据核字第2025FP9340号

幸好，有你
XINGHAO YOUNI

作　者 / 张海新　杨一晨

责任编辑 / 滕　蕾　　　　　　　　　　封面设计 / 邓小林

出版发行 / 北方文艺出版社　　　　　　邮　编 / 150008

发行电话 / （0451）86825533　　　　经　销 / 新华书店

地　址 / 哈尔滨市南岗区宣庆小区 1 号楼　网　址 / www.bfwy.com

印　刷 / 三河市中晟雅豪印务有限公司　开　本 / 710毫米 × 1000毫米　1/16

字　数 / 180 千　　　　　　　　　　　印　张 / 16.5

版　次 / 2025 年 3 月第 1 版　　　　　印　次 / 2025 年 3 月第 1 次印刷

书　号 / ISBN 978-7-5317-6558-5　　　定　价 / 79.80 元

自　序

让梦想一路生花

儿时的我，对书有一种莫名的痴爱和渴求。就如同高尔基说："我扑在书上，就像饥饿的人扑在面包上一样。"只要是印了铅字的纸，无论什么，我都会迫不及待捧在手里反复研读。

那时农村经济条件差，温饱尚且难保，更不用说买书了。于是我挖空心思搜书看，却时时面临"青黄不接"的饥饿困境。在学校哪个同学带了连环画、故事书，我都软磨硬泡讨来，放学回家后，废寝忘食，挑灯夜战。第二天一大早再恭恭敬敬归还给同学。在老师、同学眼里，我成了有名的"书痴"。

除此之外，我对知识的获取，还有很大一部分来源于无线广播。自我记事起，家里就有一台老式的收音机，银灰色、方方正正的。从早到晚，它都热热闹闹地播放着新闻、评书、广播剧、戏曲。

每天一放学我就一路小跑回家，急着听"书"——中午12：30有评书联播！我偏爱听单田芳播讲的《三侠五义》《白眉大侠》《隋唐演义》《饮马流花河》，刘兰芳播讲的《岳飞传》《杨家将》《樊梨花》《呼杨合兵》《红楼梦》……评书艺术家们播讲评书时激情洋溢、豪迈雄浑、声情并茂，让我仿佛置身于故事之中，感受到人物的喜怒哀乐，并产生情感上的强烈共鸣。

整个小学阶段，我听完了一本又一本精彩的"书"，它们浸润了我的心田、丰富了我的精神世界。同时，又悄无声息地在我幼小的心灵里埋下文学的种子，并生根发芽，潜移默化影响了我一生对文学梦的追求。

学习就是这样，有"输入"才会有"输出"。在上学路上，我就把我听来的书，迫不及待地分享给我的小伙伴们。

那时，我们需要步行五六里路去上学。每天早上四五点，我就起床，逐个叫上村子里比我大的孩子，十几个人一起背着书包，提着煤油灯，浩浩荡荡地去上学。

我们特别喜欢月明星稀的夏日早晨。天边挂着一轮明月，几颗星星在苍穹闪烁。路两旁的田地里，大豆在开花、玉米在吐穗、芝麻在拔节……不时有露珠从高粱长长的叶子上滴落，还有不知名的小虫唱着悦耳动听的曲儿，此时大自然正在演奏着美妙和谐的乐章。而我就一路上给大家讲听来的故事，在我的激情演绎中，不知不觉走到了校门口，正好讲到"且听下回分解"。

那时候我常常想，我长大了也要成为一名大作家，写很多很多的故事、出很多很多的书，让像我一样渴望读书的孩子有读不完的书。

高考后，我如愿以偿就读河南南阳师范学院的中文系。

大学里，我最喜欢去的地方是藏书颇丰的图书馆，喜欢坐在靠窗的位置读书。一杯清茶、一本精致的笔记本、一本散发着诱人墨香的书。我喜欢手指翻过书页的声音，喜欢沉浸于书中美妙的世界，喜欢用笔记下自己爱的文字。累了，总是回头看看图书管理员后面那么多的书，满心欢喜，好像那都是我的，有种充实的踏实感。此时，窗外阳光正好，太阳透过树叶留下斑驳的倩影，小花园的草坪散发着泥土芬芳，花朵摇曳，我甚至听到了花开的声音……

大学里，我努力写作，参加各类征文比赛、演讲比赛、朗诵比赛。毕业时，获奖证书装了满满两大箱。写作让我如一颗灿烂的星星，闪耀在大学校园，熠熠发光。

大学毕业后，我在武汉工作，闲暇之余就读书、写作。我尝试着把我的人生感悟、情感点滴写出来投给武汉的报刊。

2005年8月29日，我的处女作《漂泊的心，找到了归宿》发表在《楚天都市报》"我们"副刊，我永远忘不了那一天，内心的激动、喜悦之情难以言表，一时间竟热泪盈眶。我似乎看到了梦想的曙光近在眼前，自此，我信心倍增，潜伏已久的灵感如泉水般汩汩涌出。我的多篇文章先后发表在《楚天都市报》《武汉晚报》《武汉晨报》等。2011年11月，在《武汉晚报》举办的"我和晚报的故事"征文比赛中，我的作品《缘来有你》荣获了"二等奖"，并获得了800元的奖金。

这年后，我为了家庭生计奔波忙碌，工作、创业、结婚、生子……再也没有时间和心情坚持写作了。从2012年到2022年，整整十年，我一直没有提笔写作，我的文学梦度过了一个漫长的冬眠期。

直到2022年6月，一次偶然，我在小红书上关注了一个叫"浅浅漫读"的文学爱好者——浅浅老师，加入了"浅浅拆文写作营"。这时，我蛰伏了10年的文学梦开始苏醒了。

我每天坚持认真阅读、学习、写作、修改、投稿。2022年8月22日，我的文章《竹引牵牛花满街》发表在《宿迁日报》上！距我第一篇文章发表已经整整17年了！

一个月后，通过浅浅老师我又认识了柏林老师，跟着这位发表了300余万字的优秀青年女作家开始学写作，发表文章。在一年多的时间，我先后在《青年文学家》《辽宁青年》《五月风》《人民政协报》《河南日报》《山西日报》《春城晚报》等全国各大报刊，发表文章100余篇，累计10万字。2022年11月，我申请加入了常德市作家协会，2023年12月，我成了中国散文学学会会员。

去年7月，我加入"香红写作研习社"，遇到了香红老师——一个有着超凡意志力和创造力的独立女性，她的格局、眼界和胆识深深影响了我，改变了我的人生轨迹，遇到更好的自己。今年8月，我带着女儿到大理会面，她指导我们写作、拍封面照，精心策划，让我实现了一直以来的梦想——出书！

父母对于孩子的教育身教大于言传，因为几十年来，我对文学的热爱和不断学习、一言一行，潜移默化影响了我的女儿。女儿自小就是个小"书迷"，她曾在文章中这样写道：

"母亲爱读书，睡前必定要阅读半小时，才能安然入睡。在她的耳濡目染下，我彻底迷上了书籍。每到晚饭后，她都会拥我入怀，和我一起翻阅绘本。她喜欢用她的脸颊，轻轻伏在我的头顶，像生怕碰碎了我一样轻。而我一抬头，就会望见她含笑的眼眸。那时，我就喜欢一直沉溺在母亲的怀抱里，那是最温暖的港湾。

直到现在，我和母亲也总会坐在书房的窗边，泡一杯香气袅袅的花茶，共读一本好书。我们沉浸于书中，边读边画那些沁人心脾的优美语句。读到动情之处，两人不约而同抬起头，相视一笑。那一刻，真的是'此时无声胜有声'的美妙意境。"

自女儿3岁开始，我每天陪着她阅读、指导她写作，并鼓励她积极参加各类征文比赛。2017年8月，8岁女儿的作品《父爱深深》获得全国征文比赛

"二等奖"。自此开始，她在全国、省市县各级征文比赛中获奖无数，并且先后在《青年文学家》和《现代家庭报》等报刊上发表文章。我很欣慰，女儿在我"润物细无声"的影响下，接力了我的文学梦，并和我一起在文学的路上奔跑、逐梦。

《幸好，有你》是我和15岁的女儿的首部散文合集，全书收录了我近两年在报刊上发表的文章和女儿平时练笔、获奖的作品，一共110余篇。

这是一部内容丰富、情感真挚的散文合集，它是母女两代人生活和思想的真实表达。书中以特有的女性视角、敏锐的洞察力和深刻的感知力，捕捉了生活中的点滴瞬间，并将其转化为温暖和美好的语言。

最后，特别感谢在我追求梦想道路上遇到的贵人：浅浅老师引领我重启文学的大门；柏林老师给予我不断的鼓励，并悉心指导我写作、修改、投稿、发表作品；香红老师对我精神上的巨大影响，还有她的信任、支持和用心策划，才有了我和女儿的这本散文合集出世。感恩遇见我的恩师们，让我在文学的路上，愈走愈远，一路生花。

此为序

张海新

2024 年 8 月于湖南常德

目 录

第二章　酿一碗人间烟火

第三章　忽有故人心头过

第四章 阳光在南墙根盛放

杨一晨作品

第一章　幸好，有你

第二章　部分获奖作品选登

张海新作品

第一章

心有半亩花田

养花是一场优雅的修行

我原本是个心浮气躁的人，做起事来热情有余、耐心不足，常常半途而废。于是，我决定养几盆花，磨磨心性。

前年春节后，我刚刚搬进新家，有一个十方米左右的小阳台，正好可以养花。刚开始，我买了两盆月季，悉心照料——给它们浇水、拔草、施肥，一日看三回，看它们抽新芽，愈发枝叶葱茏。一个多月后，两盆花终于吐出了小花苞，我满心欢喜地静待花开。

然而，世事难料，几天小雨后，一盆"诗人的妻子"月季却遭了虫灾。看着枝叶上爬满了密密麻麻的蚜虫，我头皮发麻、心急如焚，天天在网上查资料，因"病急乱投医"，试过很多土方法来消灭蚜虫，比如烟丝泡水、辣椒或大蒜的汁液稀释喷洒，可能是我太心急了，感觉效果都不明显。

我无计可施，只好向楼下卖花的秦阿姨求教。她说，对付蚜虫最好的方法就是用洗洁精或肥皂水，具体做法是：在早晨，取五六滴洗洁精和10毫升左右植物油，放水桶里，充分混合摇匀，兑入2000毫升的水，装入喷水壶中，均匀喷洒在叶片的正反两面，连续喷两三天。我如获至宝，迅速回家实施。三四天后，蚜虫真的彻底消灭干净了，我喜极而泣，终于取到了真经！

在与蚜虫"斗智斗勇"的过程中，还发生了一件有趣的事情。六岁的儿子特别爱看动植物类的绘本，他看我被蚜虫弄得手忙脚乱，就给我支招："妈妈，七星瓢虫爱吃蚜虫，我们捉些七星瓢虫回来，不就好了吗？"我一听，恍然大悟，对呀！周六一大早，我就带着儿子去乡下表姐家游玩，去菜地里摘蔬果、捉七星瓢虫。我们不仅收获了十几只可爱的"宝贝"，还给儿子创造了一次亲近大自然的绝佳机会，到晚霞染红西山时，母子俩才尽兴而归。

后来，我又种了几小盆薄荷、莳萝、茴香等花草，用它们吸引更多的瓢虫。自从请这些"贵宾"在我的小花园安家后，它们就成了这些花花草草的"忠诚卫士"，哪盆花上有蚜虫，就会被它们杀得片甲不留。我再也不会被蚜虫们弄得焦头烂额了。我不禁感叹：大自然真是神奇的世界！一物生一物，一物克一物，万物相生相克，这乃是宇宙的普遍真理。

一波刚息一波又起，正当我在为战胜虫灾而沾沾自喜时，另一盆"蒙娜丽莎"月季却遭了白粉病。刚开始只是叶子边缘卷曲，没两天，蔓延到整个叶片、茎和花蕾。我用尽浑身解数，却无力回天。我气急败坏地拿起剪刀，咔嚓咔嚓几下，一盆月季花只剩了光秃秃的枝干——片叶不留。

我心疼又无奈地想，唉，养活一盆花真不容易啊！

之后，我又从学校老花农那里学到了治疗白粉病的妙招。将草木灰稀释1000倍，对准病害部位喷洒，可以有效地治疗白粉病，并且补充钾元素，提高植株的抗病能力，预防病虫害的发生。他还说，白粉病菌粉很厚，要先用小刷子蘸水刷干净，挖几汤勺米醋，兑水稀释200倍左右，喷洒在叶子正反两面，隔三天喷一次，连续喷三四次，也能很好地治疗白粉病。

我如法炮制，果然有效！真是高手在民间，让人不禁感叹劳动人民的智慧！

清明节前一天，我起床后照例去阳台看花，第一朵月季居然开了！硕大饱满的花朵，金黄色的花瓣层层包裹着乳白色的花心，点缀着晶莹剔透的晨露，如一杯盛满香槟的美酒，醇香而诱人。一瞬间，我喜极而泣，内心泛起了幸福的涟漪。

生活总会给你意外的惊喜。而此时，另一盆月季，光秃秃的枝干竟绝处逢生，开始冒出新芽。

不仅消灭病虫害，修剪花草也是一门学问。

养花之初，我不懂得修枝剪叶，更舍不得。我想让每一盆花都长更多的枝条、开更多的花，却不知每次开出的花不但小，而且越开越少。

有一天，我看到楼下的秦阿姨正在修剪花木。看着一地枝叶，我不解询问，她说，花要勤修剪，才能越开越好。"好不容易才长出来的，剪了多可惜啊！"我还是不忍心，她哑然失笑："它们都长着，哪有那么多营养供应啊，营养不足，哪能开出好看的花啊！"最后，她又意味深长地说："有舍才有得，小舍小得，大舍大得，不舍不得。"我顿时醍醐灌顶，一溜烟儿跑回家，把阳台上的花都好好修剪一番。

果然，后来阳台上的花愈开愈多，我也收获了满园的芬芳。

如此看来，养花要勤修剪，人生何尝不需要删繁就简呢？我们要舍得时时删掉生活中烦琐杂事，这样才有更多精力去完成重要的事。如果你什么都想得到，不舍得丢弃，往往什么都得不到。

一次偶然的机会，我在网上看到一个养花博主的月季扦插小视频，我就抱着试试看的心理，开启了漫长的扦插之路。刚开始，我实践几次都没有掌握技巧，扦插的茎叶没两天就黑秆了，只好丢掉。后来，我找出原因，是我扦插的土壤有问题，最好用蛭石，这是一种天然、无机、无毒的矿物质。等月季花开后，修剪茎叶，选一些健壮的枝条，斜剪45℃切口，放在稀释后的多菌灵溶液里浸泡20-30分钟，然后放在通风的地方晾干，杀菌消毒。再把一次性杯子的底部戳几个小孔，装上蛭石，浇透水，把浸泡好的月季扦插好，用保鲜袋套住、系好，放在盛水的托盘里，搬到一个通风干燥的地方。十几天后，我便看到有白色的根芽如棉线一般长了出来。二十天左右，我把它们移栽在花盆里。如此，一盆月季便神奇地繁衍出多盆。

为了把美传播下去，我让女儿把花搬到他们教室的阳台上老师的办公室里。今年母亲节前一天，女儿回来后就喜不自禁告诉我："妈妈，你太能干了，你移栽的月季都开花了，现在我们教室每天花香四溢，哪里都没有我们教室漂亮。我们下课后就去赏赏花、闻闻花香，学习和生活的烦恼都烟消云散了，妈妈，我爱你。"为了感谢我，女儿的班主任还专门录了小视频发给我，看着孩子们坐在花开满窗的教室，一张张葵花般灿烂的笑脸，异口同声对我说："阿姨，谢谢您，祝您母亲节快乐！"我顿时内心盈满了幸福与感动，竟热泪盈眶，这是我今生收到的最好的母亲节礼物，一切的辛勤付出都是值得的。

这件事后，我受到了更大的鼓舞，又陆陆续续买了其他品种的月季、绣球、百合……精心培育、扦插，不到半年时间，我的小阳台俨然成了空中小花园。

赠人玫瑰，手有余香。花开满园时，我把美丽多姿的花儿修剪下来，制成花束，送给亲朋好友，让花香溢满她们的岁月静好。

去年夏日来临前，我又在阳台上搭了凉棚，放上小书桌和椅子。阳光明媚的日子，天蓝得如同一汪海水，云朵悠悠飘着，风儿轻轻吹着，花儿们慢慢开着，真是满园芬芳的好日子啊！原先被我搁置很久的书，我竟能心无旁骛地看完一本又一本。我可以一整天，在那馥郁的花香里看书、写作、喝茶，或是发呆。

而今，我工作累了，便去阳台看看花、嗅嗅花香、拍拍照，感觉生活也如花儿一样幸福绽放。当我在生活中遇到种种不顺心的事、焦急烦躁时，也到阳台上走走看看，凌乱的心绪便会慢慢平静下来。

于我，有花相伴的时光，每一寸都是馈赠。

养花其实也是在养心。在养花的漫长而烦琐的过程中，我学会了如何调整心态、稳定情绪。养花磨炼了我的心性，让我更有耐心、心平气和地去坚持做好每一件事。因为我明白，只有细心去呵护每一盆花，才能等到花开满怀的惊喜。

老舍先生说："有喜有忧，有笑有泪，有花有果，有香有色。既须劳动，又长见识，这就是养花的乐趣了。"

养花是一种情趣，更是一场优雅的修行。用心养花，人间花花皆芬芳；用心生活，人生处处都精彩。

又见杏花灿如初

"暖气潜催次第春，梅花已谢杏花新"。梅花落，杏花开，一开一落间，岁月交替轮回。

儿时的记忆中，杏树是再常见不过的果树，家家户户的院子里都种两三棵。母亲说，杏和幸谐音，因此杏花寓意着幸福。杏花一开象征着一切美好事物的来临，是吉祥如意的好兆头。

杏花在农历二月初开，因此二月被称为杏月。在老家，立春节一过，院子里的杏树就会睁开蒙眬的睡眼，眨眼间，枝条上就会冒出鼓鼓的花苞。一簇紧挨着一簇，密密匝匝的，饱胀的花苞里似乎藏满了惊喜。

"小楼一夜听春雨，深巷明朝卖杏花"。杏花吸饱了一夜的春雨，在夜晚悄然绽放。

清晨，我满心欢喜地去赏杏花。粉嘟嘟的椭圆形花瓣，缀满晶莹的水珠。嫩黄的花蕊，在微风中颤动，如娇羞可人的少女，纤长的睫毛下明眸善睐，让人垂怜。呼吸间，全是淡雅的清香，和着泥土的芬芳，在湿润的空气里酝酿着动人的春意，沁人心脾。

上小学三年级时，班主任是刚从师专毕业的女老师，十七八岁，温柔美丽，如邻家姐姐一样亲切。明媚的春日里，她会带我们去野外郊游踏青、赏杏花。"春日游，杏花吹满头"。我们围坐在杏林里，花香荡漾着身心，女老师教我们背诵古诗。

我至今记得那个春日，女老师的笑靥如杏花般烂漫，而我们在女老师一首首杏花诗的浸濡下，文学的种子也在幼小心灵里生根发芽。

高中时在县城读书，校园中心花园里有一棵古老的杏树。语文老师是一个退休返聘的白发老人，他喜欢盘坐在花开满枝的杏树下，给我们讲古文学。他讲杏坛的典故，《庄子·杂篇·渔父第三十一》写道："孔子游于缁帷之林，休坐乎杏坛之上。弟子读书，孔子弦歌鼓琴。"后来，孔子第四十五代孙孔道辅监修孔庙时，将正殿后移，除地为坛，环植以杏，名曰"杏坛"。杏坛是孔子教育光辉的象征。

老师又讲到杏园宴。唐代时，每届进士科考试在春季二三月间放榜，随后，朝廷会专门为及第的进士举办盛大的庆祝活动，宴会的地点设在曲江西岸的杏园，称为"杏园宴"。

老师鼓励我们发奋读书，有朝一日，金榜题名时，也如孟郊一样"春风得意马蹄疾，一日看尽长安花"。

如今，老师已经去世很多年了，但我难忘那年杏花树下，春风摇曳处，花瓣飘落在他的白发和肩头，他神采奕奕地给我们讲古文、谈理想，让我总莫名想起几千年前圣贤孔子杏坛讲学的风采。

又到了"红杏枝头春意闹"的季节，我想起那些年绽放在我记忆里的杏花盛宴、那些镌刻在脑海中的鲜活面容、那些摇曳在春风中的粉白杏花，依旧灿烂如初。

桃花灼灼笑春风

三月春风醉，十里桃花香。自古至今，桃花承载了人们太多憧憬与美好。在历代诗人眼里，桃花灿烂了诗行，惊艳了整个春天。

春天的第一朵桃花绽放在《诗经·周南·桃夭》里。"桃之夭夭，灼灼其华。之子于归，宜其室家"。清代著名学者姚际恒评论此诗说："桃花色最艳，故以喻女子，开千古辞赋咏美人之祖。"

十里桃花，待嫁的年华。千年的风从那片"灼灼"的桃林中穿过，摇曳着艳丽的桃花，吐芽的桃枝也婀娜多姿，醉人的芳香随风扑面而来。在桃花丛中，一名妙龄少女款款而来。只见她一身红装，两颊绯红，面带娇羞，双眸顾若神盼，在灼灼花枝的衬托下，人面桃花，交相辉映，你仿佛可以感受到她对生活的热爱、对幸福的追求。

春天里最浪漫缱绻的桃花，绽放在崔护的《题都城南庄》里。"去年今日此门中，人面桃花相映红。人面不知何处去，桃花依旧笑春风"。

才子崔护到长安参加进士考试，落第后，到长安南郊散心，在一户人家门前，偶遇一位少女。春风里，姣好的面庞和盛放的桃花互相映衬，显得分外动人，两人一见如故。时隔一年，诗人故地重游，而那含羞的面庞已不知去何处，只有那满树桃花依然在和煦的春风里含笑妖娆！

千百年来，这"人面相映红"的桃花也成了春光中最娇艳的一枝，它成了爱情的代名词，从盛唐的南庄，一直绽放到今天，在无数人的心间，烙成一枚永久的朱砂痣。

春天里最惬意、洒脱的桃花，绽放在唐寅的《桃花庵歌》里。"桃花坞里桃花庵，桃花庵下桃花仙；桃花仙人种桃树，又摘桃花卖酒钱。酒醒只在花前坐，酒醉换来花下眠；半醒半醉日复日，花落花开年复年"。

桃花坞里有座桃花庵，桃花庵里住着桃花仙。桃花仙人种着很多桃树，他摘下桃花去换酒钱。他酒醒了就坐在桃花前看花开花飞，喝醉了就卧倒在桃花下酣眠。任春风和煦轻拂，鬓发飘飞；任桃花落满衣袂，花香馥郁。就这样，半醒半醉之间一天又一天，花开花落之间一年又一年。这样洒脱自由的生活，谁人不羡慕呢？

"春坞桃花发，多将野客游。日西殊未散，看望酒缸头"。在这桃花灼灼含笑的春日里，何不邀上三五知己好友，闲游桃花林，浅酌桃花酿，便真是不负春光，不负韶华了。

一春无事为花忙

"春有百花秋有月，夏有凉风冬有雪。莫将闲事挂心头，便是人间好时节"。惊蛰惊万物，百花次第开。此时，春意最浓，人间进入一年中"花事"最盛的时间。如果春天一定要忙的话，也是为花而忙。

"一年春景莫错过，最是花开好看时"。趁周末，邀三五好友，扶老携幼，大手一挥，走，看花去！一群人便浩浩荡荡去后山赏花。

大路两旁，油菜花正开得热热闹闹。春风里，金灿灿的花儿铺天盖地，热烈而灿烂地怒放着生命，空气早已被花香浸润成清甜的滋味。伴着一路鸟语花香，我们一路陶醉着漫步到后山。

进山路口，一棵皎皎白玉兰吸引了我们的目光。一抬头，一树新开的玉兰花洁白优雅，仿佛绰约多姿的美人，它刚刚装点过雪白的面容，焕发着美玉般的光泽。

一缕春风拂过，一朵朵玉兰花瓣飘落在朋友的头顶，她不躲也不恼，笑嘻嘻地任由我拍照。随即，我看到她最新的朋友圈，照片里，她沐浴在明艳的春光里，笑靥如花，白玉兰如同戴在她头顶的花冠，圣洁优雅。配文：我与一树春光撞了个满怀，真幸运！

小山村房前屋后、山坡上，果农们栽满了各种果树。一抬眼，便可看到"白雾如绵铺满地，云霞似火映山村"的美景。漫山遍野，繁花似锦，一树树、一枝枝、一朵朵，在微醺的春风中妖娆成最美的姿态。

我们欢呼雀跃扑向花海。空气里都是香甜的花香，它们争着抢着，一股脑儿往你的鼻孔里面钻，让你心里盛满暖暖的春意。然后，你忍不住带着满心的欢喜，去亲近那一树树旖旎的春色。

白里透红的杏花染了一层淡淡的胭脂，如同上了妆的待嫁新娘，烂漫娇羞惹。灼灼桃花摇曳在枝头，红颜绿裙，一副明艳妩媚的俏模样，她正眼含春水，深情款款地凝望着你。梨花一定是洛神的化身，披一身洁白的纱裙，肤如凝脂，明眸善睐，正舞一段惊鸿舞。李花的小脑袋凑在一起，清澈的双眸里，倒映着整个明媚的春天。

"若待上林花似锦，出门俱是看花人"。春天是多么奢华的季节呀，百花都赶趟儿一样，争着抢着纵情恣意地开。我站在山坡上俯视，只见天地间如同一幅色彩斑斓的油画，一群群赏花人游走在花海间。可谓是人在花中走，如在画中游啊！

清代李慈铭有诗曰："一年无事为花忙，赢得几春光。"花呀，你慢慢开，我慢慢看。今春无事，只为花忙。

再赴一场樱花之约

春日迟迟，暖风微酥，又逢一年樱花季。

武汉的朋友说，武大的樱花又开了，今年你来不来看啊？我离开武汉六年了，一到春天，我总会在梦里与樱花邂逅。

我曾经赴过三次浪漫的樱花之约。

那年，我和他刚刚相恋。他在某部队服役，为了赴这次樱花之约，特意休了假，陪我到武大看樱花。

我们手拉手漫步在樱花大道上，道路两旁的樱花与古朴的建筑相映成趣，如诗如画。湛蓝的碧空下，雪白、粉嫩的樱花，纵情浅笑欢颜，金色的阳光在枝头间雀跃，如同穿梭在一场浪漫而多彩的梦境里，令人沉醉不知归路。

在一棵高大的樱花树下，他请行人给我们拍照。恰巧，一阵微风拂过，簌簌落下一阵樱花雨，洁白的花瓣，飘落在肩头，扑入怀里。这是我们的第一张合影——照片中，我们相拥在灿若云霞的樱花树下，眉梢眼角荡漾着美好与甜蜜。

武大樱花见证了我们浪漫的爱情，也续写着我们甜蜜的故事。

第二次樱花之约是和好友晴。那年，我们都刚刚新婚不久，一起去武大赴一场樱花之约。

中午，我们四人在操场旁的草坪上，铺好桌布，摆满食物，来场露天野餐。阳光穿过叶缝留下斑驳的情影，和煦的春风轻轻吹着，片片樱花如彩蝶般翩然飞舞。我们在花香四溢的春光里，畅聊生活中的逸闻趣事；并举杯祝福，愿时光不老、我们不散。

后来，我们全家离开了武汉回到了老家，她也随爱人定居厦门。十几年过去，我们都有了一双儿女，在不同的城市里过着烟火人间的生活。

每年樱花季，我们都会打电话，回忆在一起的美好时光，然后相约有空还要一起去武大看樱花。

女儿六岁的那年春天，我允诺她去武大赏樱花。

我们来到樱花林最密集的女生宿舍楼。女儿数着高高的台阶，一蹦三跳，爬上高处的观景台。凭栏俯瞰，一树树樱花，如夕阳下天边的云霞，大片大片的粉白，掩映着女生宿舍的飞檐翘角。我看到屋檐下悬挂的一串串风铃，飘然起舞，泠泠作响。片片花瓣悠悠地旋转着飘洒，那画面美得醉人。

女儿看着樱花天真地说："妈妈，我长大了，也要在这里上学，住在樱花里。"

那天，我和女儿相约，每年都会带她去武大看樱花。

在樱花树下，我品尝过爱情的甜蜜，也与友人畅谈过人生，更陪孩子编织过梦想，这是多么浪漫的事情啊！

我知道，浪漫的从来不止樱花，还有陪我赏花的人。又逢一年樱花季，期待与君再相逢。

一院梨花溶溶情

"海棠未雨，梨花先雪，一半春休"。每逢梨花胜雪时，我总会怀念老家小院的那树梨花。

儿时，老家的小院是用土坯矮墙围成的。我出生不久，母亲就在墙角种了一棵梨树。春光旖旎时，一夜春风，满树梨花尽情绽放。粉雕玉琢的花瓣，精致纤细的紫红色花蕊，一团团、一簇簇，抱成团、滚成球。蜜蜡般的暖阳斜射下来，穿透洁白无瑕的花瓣，勾画出柔美的线条。微风起，空气里弥漫着甜柔淡雅的花香。这一树洁白淡雅的梨花，让拙朴的小院明媚生动起来。

母亲自幼读圣贤之书，个性独特。她偏爱梨花，说桃花太艳、杏花太媚，唯有梨花洁白淡雅。她还常常教导我和弟弟："做人要像这梨花一样正直清明、纯洁高雅，不张狂，不媚俗。只有这样，生活才能过得淡然从容，简单幸福。"因为母亲的教诲，我也慢慢爱上了梨花。

春日里，母亲在花香氤氲的小院里忙碌。空暇时，她搬一把小板凳，坐在梨花树下，绣花、缝衣或是纳鞋底。我就趴在树下的小桌子上写作业。微风起，片片梨花飘落，打了个旋儿，停泊在我的书页上。我欣喜地捡起，呼唤母亲。母亲倏然抬头，眉眼含笑，洁白的花瓣簌簌落在她如墨的发间。白衣胜雪的母亲和身后的一树梨花，融为一体、如梦如幻，我一时看痴了，久久回不了神。此情此景，如一幅绝美的壁画，定格在春日的暖阳里，也永远镌刻在我记忆的相册里，温暖、滋养着我，岁岁年年。

"梨花院落溶溶月，柳絮池塘淡淡风"。最美的梨花，是开在月下的。一弯新月初上柳梢头，暖春的风儿裹着飘零的梨花，皎洁的月光倾泻进小院的每个角落，透过梨花洒下斑驳的倩影。整个小院显得神秘而朦胧。

母亲坐在梨树下借着月光织毛衣，收音机里咿咿呀呀唱着京戏。我和弟弟在月下跳房子、跳绳，尽情玩耍、欢笑，月影、花影、人影，印刻在小院里，摇曳、婆娑、交错、重叠，如同皮影戏一样生动有趣。

我们玩累了，便依偎在母亲身旁，听她讲历史故事、神话传说。母亲温柔的声音，和着微风、润着花香，让我们听得如痴如醉。那时的月色那么美，故事也那么长，直到我们伴着花香，酣然入梦。

多年之后，我读到唐诗："一树梨花一溪月，不知今夜属何人？"总会想起那些年，在我家的小院里，梨花、母亲和儿时的我们，都沐浴在如水的月光里。那花影、那花香、那故事……于是，浓浓的幸福甜蜜和淡淡的离情别意，全涌上了心头。

"梨花风起正清明，游子寻春半出城"。一生痴爱梨花的母亲已仙逝十多年，我也早已客居他乡。但是每逢清明，我都会回到老家的小院，站在那棵苍老遒劲的梨树前，紧闭双眼，嗅着花香，任梨花落满全身，那些散发着梨花芳香的洁白记忆，一齐浮现在眼前，历久弥新。我折几枝梨花去看母亲，只想告诉她：妈，今年梨花又开了，和小时候一样美。

栀子花开香满夏

和武汉的闺密洁视频通话，她说，最近武汉在搞"送武汉人10万朵栀子花"的活动，可火爆了！望着她手中那束栀子花，我似乎闻到了馥郁的花香。我知道，栀子花飘香的夏天来了。

对于武汉，我在那里生活了十六年，熟悉得如同自己的家乡。武汉的夏天是飘满栀子花香的浪漫夏天。闭上眼，往事一幕幕清晰地浮现。

这是在人头攒动的江汉路，街角总有卖栀子花的老人，买上几束带在身上，洒下一路芬芳。在江风习习的汉口江滩，抬头就能看见栀子花样的风筝，还有那飘满栀子花香的小推车。在古色古香的黎黄陂路，有家的阳台上开满了栀子花，摇曳生姿，引人驻足欣赏。在烟火人间的沈阳路，偶遇一位银发满头的奶奶，提着沉甸甸的菜篮，手里捧着洁白无瑕的栀子花束，边走边嗅，满脸是少女的娇羞……

当栀子花走上了街头，武汉的夏天才缓缓拉开序幕。而我的怀念却如栀子花香一样悠长。

又遥想起了大学的小花园，种满了栀子花，花开满园的时候，空气中处处弥漫着馥郁的芳香。

同宿舍的玲喜欢栀子花，每次回来总是摘一两朵，插在盛着清水的罐头瓶里。因此，宿舍里一直花香不断，我们夜夜枕着花香入眠，连梦都是甜的。两三天后，栀子花开始染了淡黄，继而变枯黄。玲也不舍得丢，就把它装在亲手缝制的香袋里，挂在床头。栀子花即使枯了还是馥郁满屋，一推开房门就扑鼻而来。玲说："栀子花是最浪漫的花，连灵魂都是香的。"我们都笑了，戏谑她："和你一样馨香扑鼻、浪漫之至。"

毕业了，大家都在忙着拍照，忙着毕业论文，忙着与恋人告别。只有玲不急不躁，每天回来，还是带回几朵栀子花插入瓶子，等枯黄了，再制成香袋。

离校那天，玲送我们每一个人离开，把自制的栀子花香袋握在我们手心里，泪眼婆娑。回家的列车上，我打开香袋，熟悉的花香沁人肺腑，还有一张卡片，几行清秀的字：栀子花的花语是坚强、永恒的爱与约定。愿你我都如栀子花般，经过雨打风吹也不凋谢、不变色，永远勇敢、坚强。我不禁泪湿了眼眶。

如今又到毕业季，不知道当年那些唱着"栀子花开呀开"的同窗，是否又忆起那段肆意飞扬的青春年华？

我挂了洁的电话，匆匆走到街角的花店，捧一大盆栀子花回家。栀子花飘香的夏天，美好的时光，才刚刚开始。

买得一枝花欲放

早上去菜市场买菜，行至街角，一缕熟悉的清香扑鼻而来，忙寻香而去。

只见路边的菜摊旁，端坐着一位满头银发的老奶奶，面前摆放着两个大竹篮子，一个篮子装满了水灵灵的青菜、莴笋，而另一个篮子竟然装满了白兰花。蓝靛色花布上，整整齐齐摆放着一束束白兰花，用细铁丝成对束好。羊脂玉般的花朵含苞欲放，花尖儿上还闪耀着晶莹的晨露，香气四溢。

我想，老奶奶这一边是生活，一边是浪漫，真让人羡慕啊！老奶奶见我盯着一篮花遐想，忙笑盈盈地打招呼："自己院子里种的，开得太多，就拿来卖了。两元一束，随便挑。"我挑选了五束，戴在手腕、胸前、鬓间，随口吟诵起李清照的词："卖花担上，买得一枝春欲放。"随后，满心欢喜地离开，携一路花香，心中雀跃不已。

很多年前，在武汉工作，下班后，便和好友洁一起去步行街闲逛。每次走到步行街路口，都会看到一位老奶奶在卖花，她坐在小板凳上，身边的竹篮子里摆放着一排排玲珑如玉的白兰花。喧嚣的街道上，来来往往的行人，从她身边穿梭而过。她从不在意，也不叫卖，只是专注地用细铁丝把花扎成束，神情恬静而淡然，任光阴匆匆流逝，直至夜幕低垂。但浓郁的花香还是吸引了众多路人驻足。我和洁总会买上几束，老人就笑盈盈地帮我们挂在胸前的衣襟上，或戴在手腕上，清新的香味萦绕在鼻尖，久久不散，走到哪里都会留下一片芬芳。

有白兰花香浸润的日子，总是盈满了幸福与欢喜的。

其实，白兰花的美，不仅深植在了我们的心中，还被诗人们载入古诗词中，为后人吟诵传唱。

杨万里有诗《白兰花》云：“熏风破晓碧莲苔，花意犹低白玉颜。一粲不曾容易发，清香何自遍人间。”盛赞白兰花半开含羞，莹白脱俗、冰清玉洁，它的清香和芬芳早已溢满人间。杨万里一生为官清廉、刚正不阿、不畏权贵，他骨子里的高洁就如拂晓欲放的白兰花一样洁白无瑕。

诗人王镃也有诗作《白兰》：“楚客曾因葬水中，骨寒化出玉玲珑。生时不饮香魂醒，难著春风半点红。”这是一首咏物言志的诗词。屈原被奸佞小人诽谤排挤，但他却“举世皆浊而我独清，众人皆醉而我独醒”，后被流放，愤而投江，以死明志，最后铮铮铁骨化作玲珑剔透的白兰花。诗人以花喻人，以花明志。白兰花纯洁无瑕，清香溢远，正如屈原一般，高洁纯粹，不妥协，不媚俗，流芳百世。

每到白兰花盛放的季节，我总是满怀憧憬地对朋友说：“等我老了，种一院子白兰花。等花开了，也提篮去沿街卖，让更多人带着我的花回家，洒下一路花香。如果卖不掉，就送给路人，赠人玫瑰，手有余香嘛！”朋友笑道：“那你可真是一个幸福、浪漫的人啊！”

每一个街头巷尾卖花的老人，一定都是热爱生活的人。在熙熙攘攘的街道上，她们和花早已沉淀成岁月里最靓丽的风景。她们携一路繁花，穿越大街小巷。那花香不仅浸染了自己、浸染了岁月，更染香了买花的人，直达每个人的心底，愈久弥香。

爱做梦的绣球花

浅夏的美好是属于阳光雨露的，是属于清风明月的，更是属于绣球花的。

在我看来，绣球花真是一个爱做梦的仙子啊！

阳春二月，绣球花被春风唤醒，从雪白的冬梦中醒来。它们探出稚嫩的小脑袋，小脸儿透着一副懵懂、憨萌的娇羞，许是梦境太美好，它们还在回味吧。三月的和风轻拂，沐浴着晨曦微露，伴着婉转鸟鸣，它们舒展着腰肢，绿裙善舞，愈发出落得亭亭玉立。

人间四月，绣球花的每根枝条顶端都缀满了绿珍珠，紧紧簇拥成团，一起酣眠，像初生的婴儿正酝酿着无数个五彩斑斓的梦。

过了些时日，你会发现做梦的绿珍珠慢慢长大，变成了做梦的绿苞苞，它们的梦日益丰盈饱满。可是到底蕴藏着怎样的梦呢，你猜也猜不到。你好奇地一日看百遍，跑细了腿也没有用，它们还是抱成大球，挂上"闲人勿扰"的木牌，潜心创造着绚烂的梦。任你急得上蹿下跳、抓耳挠腮，它们却波澜不惊、泰然处之。风一吹，绣球花起舞弄清影，好像在谆谆教导你："不要急嘛，凡事要有耐心。"

倘若那天，你失了耐心，不去看了。突然一天，无意间走到阳台，惊喜扑面而来，绣球花终于抖搂出自己的梦了。

绣球的梦是神奇而丰富多彩的。青绿的花瓣边缘晕染上一圈粉色或蓝色。别急，绣球的梦才刚刚上场。不几日，火辣辣的日光点燃了一朵朵花球，如同无数个爆米花炸开了，全部绽开了，椭圆或三角形的花瓣儿层层叠成一朵，无数朵小花又簇拥成硕大的大花球，挤满了整个阳台，满满当当都要溢出来了，它们使出十八般武艺，开庙会一样，热热闹闹、欢欢喜喜地肆意绽放。

绣球花的梦是美丽、浪漫的。它们的色彩变幻莫测，开始是青绿衫粉白裙，一两日后就换成了紫红衫粉红裙，不久又全部换成了粉红纱裙，一上场就颠覆众生。粉红、绛紫、雪白、湖蓝……它们就像舞台上的魔术师，把所有的好颜色都一点点地抖出来，毫不保留、全心全意呈现给你，让你惊喜连连、应接不暇。世间所有的好词都不足以形容它们梦境的丰富和盛大。

"百颗毬越谁织就，几枝琼萼露和圆"。看着绣球花圆润剔透的姿态，我忽而想起了这句诗，也想起了一件往事。

记得，女儿上小学一年级时，开主题班会：我的梦想。她骄傲地说："我的梦想是成为像杨红樱那样的大作家。"却招来同龄人的嘲笑。可6岁的她却成竹在胸："他们都不懂，我只要坚持看书，坚持写作文，一定可以成为大作家的。"她是这样说的，也是这样做的，尽管她不能认识太多的字，写话也用拼音代替。但是她就是攒着一股子劲儿，坚持读书，坚持摘抄、写作，还让我帮忙修改、投稿，但是很多次都石沉大海。终于在小学三年级那年，她获得了全国作文比赛一等奖，自此她梦想的花儿次第开放，一个个奖项纷至沓来。梦想的酝酿过程虽然是漫长的，但是梦想开花的那刻一定是绚烂夺目的。

每一朵绣球花，都怀揣着一个梦想；我们每一个人也一样，做着一个又一个漫长而美好的梦。每一个爱做梦的孩子，都会努力地去创造自己的梦，直到梦想如绣球一样，五彩斑斓、精彩绝伦。

芙蓉正上妆

晚上，陪孩子读书，读到《十二月花名歌》："正月山茶满盆开，二月迎春初开放……十月芙蓉正上妆，冬月水仙案上供，腊月寒梅斗冰霜。"恰逢秋末冬初，正是芙蓉上妆的季节。突然间，惦念起那些盛放在记忆中的芙蓉花来。

第一次与芙蓉邂逅是在二十年前。那时刚刚大学毕业，初到武汉，找到一份薪资微薄的工作，租住在一个僻静的小院里。因为第一次看房，我就被小院的花深深吸了。南墙边有一株高大的花木，足有二三米高，枝繁叶茂，如一把巨伞占据了小院的半壁江山，满树的硕大花朵，风姿绰约，甚是独特。

房东老奶奶，七十多岁了，满头银发梳成发髻，神采奕奕。她眉开眼笑地说："这是木芙蓉，我种好多年了，越开越旺了呢。"我当即就租下了二楼的一间房。

初到陌生的城市，要适应新工作、新环境，而且独在异乡，难免时时生出思乡的孤独感。而楼下的木芙蓉却给我带来了心灵的慰藉。

高大的木芙蓉树冠正好与二楼的阳台对齐。清晨，玻璃窗射进两三方阳光。我一出门便与木芙蓉撞了个满怀。油绿的叶子如同大手掌，托着一朵朵丰硕的花朵，娇嫩的花瓣像是皱纹纸叠出来的。娇黄的花蕊，宛若小姑娘穿着蛋糕裙在翩翩起舞，而层层叠叠的花瓣就是她的舞台。我更惊叹它生命力的旺盛，每天不知从哪里就冒出无数个饱满欲裂的花苞来，而每一个花苞都会带来不一样的惊喜。

更有趣的是，木芙蓉如同戏曲舞台上的美人面，一日内变换出不同的妆容。

在晨光沐浴下，白芙蓉花美而不艳，圣洁清新。晶莹剔透的晨露缀满花瓣，如初见情郎的少女，双眸清澈，盈盈一水间，不胜娇羞。到了午时，洁白无瑕的美人面敷上了粉红色的胭脂粉，成了待嫁的美娇娘。而傍晚时分，木芙蓉又换了深红色的妆容，"正似美人初醉著，强抬青镜欲妆慵"，莫不是新娘子贪杯，多喝了两杯红酒，醉了？夕阳西下，深红色的木芙蓉许是累了，它慢慢闭合起眼睑，直至枯萎而凋零。难怪它被称为"三醉芙蓉"呢！真可谓是"晓妆如玉暮如霞，浓淡分秋染此花"啊！

木芙蓉的花季很长，从农历九月到十一月。而在霜雪来临之时开得最旺。霜侵露凌却风姿艳丽，占尽秋冬风情，因而又名"拒霜花"。原来，不畏霜雪的木芙蓉在娇艳柔弱的外表下，却隐藏着一颗孤傲而倔强的心。

明媚的上午，阳光透过木芙蓉的枝枝叶叶，撒下一地的金子。银发的老奶奶总端坐在树下，戴着老花镜，捧着一本书，一字一句地朗读。竟是梁实秋的《生活温柔，万物皆浪漫》。这一树花和花下读书的老人融为一体，成了初冬里最靓丽的风景线，也成了我永不磨灭的温暖记忆。

我闲暇时，常常站在二楼的阳台上，看看满树花开，看看被阳光眷顾的老人，看看云卷云舒，任时光匆匆流逝，内心盈满了幸福与感动！

我每日眼看着木芙蓉，朝开暮谢，内心难免有点感伤。但"花有重开日，人无再少年"。它早起怒放生命，晚上花落归根。生命虽短暂，却一生灿烂而辉煌，比起碌碌无为而苟活于世，它旺盛的生命力怎能不让人赞叹不已？

后来，我换了工作，离开了那个小院，再后来又换了不同城市居住。每一次邂逅盛开的木芙蓉，我都会如遇故人般惊喜，总想起居住在小院的那段时光，满树花开和花下读书的老人。他们见证过我青春岁月里的种种心事和纯真美好，而在我的生命与文字里也总映照出木芙蓉的倒影。

等我老了，我也要拥有一个安静的小院，种上一两株木芙蓉，我也愿坐在树下读书，舒适且随意，不惧风霜、不惧世俗，向阳而生。

秋日粉豆染红妆

一日，我沐浴着秋日的余晖，在小区里散步。迎面走来一位卖花老人，推着满满一车绚烂的花。我瞟了一眼，一抹紫红色跳入眼帘，一朵、两朵、三朵……如燃烧的火焰，这样的热情与浓郁，唤醒了我对粉豆花的所有记忆！

儿时，母亲爱种花，尤其喜欢种粉豆花，我也喜欢种花，但我种的更多是月季花。

我的月季花喜欢在阳光下展露婀娜的风姿，招引来许多蝴蝶。粉豆花却与众不同。大白天里，它们合着花瓣，闭眼呼呼大睡。日沉西山时，才纷纷绽开，盛装出场，如同赶夜场的演员。等到早上我上学时，它们薄薄的花瓣又会合上，仿佛一夜的热闹消耗了它们全部的精力，又开始闭目养神。

但是，我不喜欢粉豆花，它开起花来太霸道。春天时，母亲明明只种下两三棵。到初夏，它们居然开出了一片花海，如同节日街头着红装吹唢呐的队伍，高高举着粉紫色的小喇叭，热热闹闹地吹吹打打，从暮春一直张扬到深秋。

粉豆花刚开始在墙角绽放，嫌舞台不够大，然后慢慢扩张地盘，肆意疯长，把我种的几棵月季，挤得伸不出头。我气得恨不得把它们全拔光。

母亲却笑着制止："傻丫头，不能拔！它们是蚊子的天敌，你想想，为什么蚊子不叮我们？"我恍然大悟，夏天的夜晚，我能在清新怡人的茉莉花香中安然入睡，原来要感谢它们呢！

渐渐地，我开始不再讨厌粉豆花。

每到秋天，放学回家后，女孩子们就在我家粉豆花旁扮家家。我们摘几朵粉豆花，揉碎出花汁，涂在嘴巴上。再摘两朵粉豆花来，仔细地把花托拔出，挂在耳朵上当耳环。或者拔出花蕊一朵接一朵串成花环戴在头上、挂在脖子上。还会采几颗粉豆花的果实，剥开漆黑的外壳，碾出白香滑腻的粉，细细擦在脸蛋上，又白又香，漂亮无比。

我们被粉豆花装扮成童话里的小公主，踮着脚、提着裙、嘟着嘴，转上几圈，互相对视着哈哈笑个不停。

我慢慢爱上了粉豆花，它盛满了我童年的快乐。后来，我才知道，粉豆花还能入药。

一日，我的腰上长了痛疮，红肿一片、疼痛难忍。母亲却不慌不忙。她把粉豆花的花叶放在石臼里捣碎成泥，敷在我的患处。没承想，两日我便消了肿，竟痊愈了。

我夸母亲有办法，她却笑着打趣我："现在你不讨厌粉豆花了吧？它虽然只是一种普通的花，但用处可多了。它从不邀功请赏，只是默默奉献自己。做人啊，都要向这粉豆花学习，脚踏实地做好自己。"

"姑娘，是不是要买花？这花好养，花期长，还能驱蚊，有用着呢……"卖花的老奶奶把我的思绪一下拉回，我看着老奶奶，她那自豪的神情像极了童年时的母亲。

恍惚间，我有一种时空交错的惊艳，仿佛穿过它，便可以回到自己的童年。而眼前的粉豆花，如同泊在老照片里的旧时光，静好而悠长。

我紧紧捧着一盆粉豆花回家，如同拥抱我回不去的故乡，内心盈满了温暖与感动。

竹引牵牛花满街

我每天回家，必经过一个院落——用修长的竹篱笆围成，四周种满了牵牛花。

春天，牵牛花长出嫩苗，沐浴着阳光，纤细的腰肢，带着心形的嫩叶，缠缠绕绕地长。它们不急不缓，爬呀爬，每日一寸，爬上篱笆、爬上院墙边的大树，却总不见结个花苞出来。

种花的是一个老奶奶，满头银发梳成精致的发髻，穿着素色的对襟棉褂。我早晨经过，她通常在院子里忙，浇花、扫地、喝茶……动作轻轻柔柔却行云流水。有时打个照面，也会笑吟吟地打招呼。

五月到了，牵牛花终于努力爬到了屋顶的凉棚上，毛茸茸的花托里也吐出了细细的花苞。一日早晨，它竟吹出了朵朵小喇叭。我惊喜地驻足欣赏，这时，老奶奶出来打招呼：

"这花磨人，等它开花要小半年呢！"

"真好看！"

"刚刚开的时候更好看，你来看吧！"

"什么时候？"

"四点前。"

啊？我都是日上三竿才起床，老奶奶似乎猜透了我的心思，笑着戏谑："这花叫'勤娘子'，勤快得很，公鸡刚打鸣就开了，懒人是看不到它最美的时候的。"我羞愧地连连点头。

次日凌晨三点半，老奶奶在篱笆墙边等我赴约。只见一朵朵花骨朵饱胀着，鼓囊囊，呼之欲出。我们屏息凝神，静待花开。

四点钟时，牵牛花紧紧闭合的花苞，开始一点一点地旋转张开，变成微张小口的姿势；紧接着，花瓣向外扩张，直到彻底开放成粉红色的小喇叭。我激动得一颗心都要跳出来了。

再看那一朵朵小喇叭，雪白的、宝石蓝的、绯红的，如同舞台上的姑娘，旋转着裙摆，骄傲地冲你笑啊笑。淡雅的清香和着清风一齐扑进鼻子，直到心里。

老奶奶弯下腰，一朵朵细细看，眉眼里柔波荡漾。

此时，东方已经大白，朝霞染红了地平线，晨曦里赏花的老人，成了我眼里最美的风景。

立秋过后的一天，我下班早，经过老奶奶的院子，看她正戴着老花镜，一针一针地绣花。我坐在她身旁，见她绣的是牵牛花——翠绿的叶、宝蓝色的花，娇艳欲滴。

她摘下老花镜，揉了揉浑浊的双眼，含笑着说："老了，看不清了。"我由衷赞道："绣得真好！"

"老头子喜欢，这些牵牛花都是他种的，每天早上不到四点就拉着我起床看花。"老人的眼睛突然亮了，闪耀着璀璨的光芒。随后，她眼神一暗，长长叹了口气，悠悠地说道："他走了一年半了，再也看不到花开了。我把他种的花绣下来，等见他的时候带给他，他一定开心。"我看到旁边的盒子里，有厚厚的一叠绣品，拿起来看看，一针一线绣的全是牵牛花——各种颜色、姿态万千。顿时，我泪盈满眶。

　　"竹引牵牛花满街，疏篱茅舍月光筛"。大自然的美，是永恒的；人世间的爱，也是永恒的。如这院牵牛花一般，花开花落，生生不息。

心有半亩花田

年初，为了陪读孩子，租住了一处一楼的房子，推开侧门，便可以看到一个院落和半亩田，那是一对老夫妇的，也成了我的一片净土。

半亩田被高高的围墙三面围住，在闹市中成了一片"世外桃源"。靠南的角落里种着两棵树，一棵橘树，枝繁叶茂；一棵桃树，苍古拙朴。两棵树各据一角，相映成趣。田里种着油菜，此时茎叶肥大，亭亭玉立。

清晨，我被几只鸟雀唤醒。推开院门，晨曦射进小院，油菜在风中轻舞，橘树抽出新芽，桃枝吐出鹅黄。抬头看，四四方方的天空，如同框住了一汪湖水，有丝丝缕缕的云朵盛放，荡漾在波心。春光正好，微风不躁，美好的一天开始了。

过了半月光景，似乎一夜之间，油菜花齐刷刷全开了，金子般铺满了半亩田。春风里，它们挥舞着金灿灿的花束，奔跑着、呐喊着，铺天盖地，热烈而灿烂地怒放着生命。

桃花也嘟着圆鼓鼓的小嘴，粉嫩粉嫩的，像准备吹泡泡糖的小女儿，可爱的模样，让人忍不住想亲一下。不久，桃花次第绽开，吹出粉红泡泡的小姑娘，此时倒是含羞起来，粉面绿裙，明艳妩媚的俏脸儿，我见犹怜，犹如从《诗经》里走出的古代仕女，唱着动人的歌谣："桃之夭夭，灼灼其华……"

自此，我每天睁开眼，就冲出去田里看花，拿着手机近景、远景、特写去拍每一朵花的不同姿态，闻每一朵花馥郁的芬芳，并开启各种自拍模式。然后，坐下来，精心挑选美图，疯狂地晒朋友圈。恨不得告诉全世界，土豪般炫耀：春天，我拥有半亩花田，拥有整个春天。

每天，我就坐在窗边看书、写文章。抬头就是那半亩花田，粉红、鹅黄、翠绿，宛如一幅长长的画卷，淳朴而生动地铺设在我面前。春风送来缕缕花香，空气里弥漫着甜蜜的清香，令人全体通透，心旷神怡。

有时，我什么也不做，从清晨到正午，或者从黄昏到天黑，就那里静静地看看天、看看花，用心倾听花开的声音，窸窸窣窣，让那美妙的乐曲到达心里最柔软的地方。

更妙的是还会有"新客"拜访。那日，一只蝴蝶悄然落在我的书页上。我屏息凝神，生怕惊扰到这个小生灵。这是一只粉黄色的蝴蝶，翅翼边缘晕染着褐黄，像是用水彩笔刻意描画上的。每扇翅膀的中间，各有两个黑色的圆圈，漆黑晶亮，如同灵动的眼睛，令它周身熠熠生辉。它纤细的腿上还沾有黄色的花粉，一定是刚刚吸足了花蜜。它起落几次，在我书页上拓印下几朵"黄花"。正当我欣喜之际。倏忽间，它展翅飞走了，我的视线跟着它展翅起舞，看它飞进小院，"飞入菜花无处寻"，突然间，心里犹如蝶舞，莫名欢喜起来。

人间四月天，油菜花谢了，桃花也落了，而橘花开了。未见其花，先闻其香。橘花太香了，是幽幽的、迷人的甜香。橘子花也小巧精致，五片圆润优美的椭圆形花瓣儿，洁白淡雅。娇黄的花蕊，簇拥着花柱。沐浴在阳光里，橘子花散发出馥郁的芬芳，那清新、甜蜜而又温暖的香气总能使我心情愉悦。

月光下的橘花更加迷人。"晚径风清香更醉，小亭月满艳能侵"。月色如水的夜晚，空气里弥漫着橘花的甜香。绿叶间的白橘花，笼上一层月华，圣洁而迷人。月也朦胧，花也朦胧。我沐浴着月光，看着花、赏着月，呼吸着花香，听着虫儿的低唱，沉醉不知归路。

《人民日报》有一句金句："心有半亩花田，藏于世俗人间。"任凭俗世熙熙攘攘，只要内心深处保留一方净土，精心呵护，便能四季芳菲，收获万千美好。

希望每个人如我一般心里也有半亩花田，盛满春光，明媚一生。

第二章

酿一碗人间烟火

悠悠麻油香

"小磨不知梦深处，香名美誉贡王侯"。这诗句是对芝麻的赞誉。秋分时节，又到了秋芝麻结籽收获的季节，怀念家乡的麻油香。

我的家乡在豫西南大平原上，这里地域辽阔，土地肥沃。

端午前后收获完金黄的小麦后，就种上各种农作物，特别是大片大片的芝麻。金秋时节，芝麻收割成捆，晾晒在宽敞的打麦场上，秋天正午的太阳一晒，芝麻荚悄悄裂开，饱满的芝麻一粒粒流出来。

小时候家里穷，芝麻价格很贵，一般都要卖掉成为家里主要的经济来源，只留下很少的一部分，榨成香香的芝麻油，藏在柜子里，等有了贵客或逢年过节才拿出来吃。芝麻油有一种独特的浓香，用它炒菜不需要任何调料就可以做出上等的美味。做饭时，哪家如果用麻油炒菜，半个村子都可以闻到香味。

那时的我，嘴特别馋，总是趁大人不在的时候，偷偷打开装芝麻油的壶，把鼻子凑到上面贪婪地吸，还会用食指蘸边上的一点芝麻油，放在嘴里拼命地吮吸。

仲春时节，槐花开了，母亲用长长的竹竿绑上镰刀，采摘槐花。我和弟弟总是把白生生、香喷喷的槐花塞得满嘴都是，甜丝丝的，香气沁人肺腑。母亲把槐花用井水洗干净，拌上面粉，放在笼上蒸熟。然后，母亲又在蒜臼里放上大蒜、青辣椒、大茴香捣成泥，加入盐和凉水，倒进芝麻油，制成蒜汁。吃的时候，夹一块槐花蒸菜，蘸一下蒜汁，槐花的清甜裹着芝麻油的香，充斥着整个味蕾，简直是人间美味！槐花蒸菜虽好吃，但芝麻油才是灵魂般的点缀啊！

那时，还特别希望生病，因为只有病了才可以得到吃麻油葱饼的待遇。母亲会用麻油和小葱加盐和在面里，揉成面团，擀成薄薄的面饼，放进平底锅里，用麻油烙成油饼。油饼被麻油煎成透明的，吃的时候一层层地揭开，葱香油香一下子扑入鼻中，口水都会流出来。每次我都吃得满嘴是油，连饼屑都不留，病也一下就好了。

大学毕业后我到外地漂泊，每次回老家，母亲炒菜一定会用芝麻油炒菜，走的时候，除了花生、馒头、粉条……必定要带一壶芝麻油。一年又一年，一壶壶香油跟着我搭汽车、坐火车、乘公交，一路颠簸，满载着家乡的味道。

我也曾经去过很多地方，吃过各类精致包装的色拉油、大豆油、花生油……即使到超市买了标有"正宗小磨香油"字样的麻油，但总也吃不出家乡麻油那种浓郁的香味来。

悠悠麻油香，悠悠的乡愁！

冬吃萝卜滋味长

"冬吃萝卜夏吃姜",又到了吃萝卜的绝佳季节。

平易近人的萝卜,是寻常百姓家的日常所食,李时珍曾评价它:"可生可熟,可菹可酱,可豉可醋,可糖可腊,可饭,乃蔬中之最有利益者。"无论将萝卜做成哪种美食,总有一种滋味能打动你的心。

小时候,物资匮乏,到了秋冬时节,萝卜成了餐桌上的主角。它几乎霸占了我童年餐桌上的全部味觉记忆。天天吃萝卜,我们总有厌烦的一天,而心灵手巧的母亲,用尽智慧,普普通通的萝卜被她制作出了七十二般花样,令人久食不厌。

母亲总是说:"十月萝卜赛人参,人参吃不起,萝卜有的是。"早餐桌上,母亲用萝卜细丝配红辣椒丝,放盐,浇些许陈醋,淋上几滴芝麻香油。拌匀后,红白相间,晶莹剔透,好看又好吃,让我们连馒头稀粥也吃得津津有味。

母亲做的萝卜丸子、萝卜饼,也是我们解馋的佳品。萝卜丝与面粉调成馅料,揉成玲珑小巧的丸子,在油锅中炸成金黄,刚一出锅趁热吃,酥脆浓香。至于萝卜饼,母亲把白萝卜丝和面粉调成糊状,煎成两面焦黄的饼,圆圆如金元宝,外壳酥脆内里软香——我一口气吃四五个,还不过瘾。

最鲜不过一碗鲫鱼萝卜汤。记忆中母亲做过一顿鲫鱼萝卜丝汤，至今难以忘怀。她把白萝卜切成细丝，先将洗净的鲫鱼和老姜丝在锅里煎香，再放入清水、大火烧开、小火慢炖，待汤由清变奶白色，再放入萝卜丝。奶白色的汤汁包裹着细细的白萝卜丝，在锅里咕嘟咕嘟地冒着泡，清香四溢。我迫不及待尝一口，鲜香甘甜，挑逗着我的味蕾。美美喝一碗鲫鱼萝卜汤，暖身又暖胃，回味悠长。

萝卜太多吃不完，母亲就制成晒萝卜干、腌萝卜丝，陪我们挨过漫长的寒冬。

在风和日丽的初冬，母亲把萝卜刨成薄薄的片，晒干，装进塑料袋，储藏在大缸里。萝卜干虽不再水灵清脆，但强韧有嚼劲，和猪肉炖汤是绝佳美味。一到飘雪的冬日，屋外寒风凛冽，屋内温暖如春，我们全家围炉而坐，谈笑风生，再喝上一碗滚烫的猪肉萝卜汤，让暖意一点点地从胃里蔓延到全身，实在是一件幸福的事情。

除了萝卜干，母亲还会把萝卜刨成丝，晒至半干后，将其用生姜、大蒜、辣椒腌制成萝卜丝。吃的时候，淋上陈醋和香油，就成了爽口的下饭菜。后来我上初中、高中住校，为了省菜钱，每周从家里带一罐腌萝卜丝到学校，作为一日三餐下饭的菜。我还把腌萝卜分享给我的室友，她们无不啧啧称赞："人间美味啊！"至今提起仍念念不忘。就这样，有了母亲的腌萝卜相伴，让我艰难困苦的求学时光，也变得有滋有味。

人间至味是清欢。多少年过去了，昔日萝卜的余香仍弥留在我心里，让我时刻感受到生活的幸福绵长。秋冬季节，慢炖一锅猪肉萝卜汤，让热气腾腾氤氲的萝卜香，来慰藉我浓浓的乡愁吧！

种瓜南墙下

"南瓜、南瓜",我叫着,如同在呼唤童年的小伙伴。它就像家乡的亲人一样让我念念不忘。

"三月三,倭瓜葫芦地里钻"。谷雨前后,母亲总是在南墙根点种几窝南瓜。母亲常常说,南瓜泼皮得很,种下就不用管它,等着吃就是了。

春风雨露滋养着,不几日,它们便探出嫩绿的小脑袋,沐浴在阳光里,舒展下肥嘟嘟的手脚,便憋足了劲儿,爬呀爬,爬满了土墙,成了一片翡翠的瀑布。

南瓜生命力格外旺盛。两三颗瓜子就能衍生出大蓬大蓬的茎叶,缠缠绕绕,每一根细长的藤都做着去远方的梦。这时,母亲就会掐些嫩的茎叶,并说,这样才可以让南瓜长得更肥、开更多花、结更多瓜。鲜嫩的南瓜藤,布满了细小的绒毛,先撕去一层外皮,掐成一小段,带着新生的嫩芽。用井水洗净,在沸水里过一道,捞出,保持其翠绿的本色。热油锅先爆香姜末蒜粒,放南瓜藤翻炒,放适量盐巴,出锅,便是一盘鲜嫩爽口的时令小菜。

不久,大朵大朵的南瓜花开了,攀上墙头,对着天空,鼓着腮帮子,滴滴答答吹喇叭。当太阳射出第一缕阳光,公花就浑身披着朝露,先醒了。我跟着母亲摘公花，学着母亲的样子花瓣朝下，朝羞答答的母花的俏脸蛋上扑几下粉。母亲说授了粉，才能结出瓜来。我觉得有趣得很，乐此不疲。

授了粉的公花也不会丢，金灿灿的——装满一篮子，回去做美食。母亲擅长蒸南瓜花。将一朵朵洗净，沥水，拌上面粉，在笼里蒸熟，准备好蒜泥、辣椒酱、酱油、香油调成的酱汁，夹一筷子蒸南瓜花，蘸足酱料，吃一口，软糯鲜嫩，唇齿留香。后来，母亲还做炸南瓜花，干净的南瓜花，一朵朵挂上面糊糊，在热油锅里炸成焦黄酥香，撒上椒盐，如同绽放在精致的荆篮里，金灿灿的，赏心悦目。

南瓜的一生都奉献给了人类的餐桌。吃过了南瓜藤、南瓜花，该吃南瓜了。瓜熟蒂落，花落处，挂着一个个光溜溜脑袋的胖娃娃，拳头大小，嫩得能掐出汁水来。骄阳似火的大中午，母亲从田里归来，顺手在南墙的瓜藤上摘四五个来。用刨丝器擦成细丝，放适量的盐，倒入面粉，搅拌成稠糊状。大火烧热油锅，用汤勺挖一勺放入，再用锅铲压扁，形成一个个圆圆的小饼子，文火慢慢煎，不停翻动，煎到两面金黄，出锅。煎好的南瓜坨，南瓜的鲜嫩和着麦香，还融入了悠长的麻油香，真是人间绝味。我们姐弟三人，一人一大碗下肚，连呼好吃。母亲总开玩笑说："好吃是好吃，就是太费油。一顿下来，一瓶香油都见底了。"我们则摸着肚皮，心满意足地傻乐个不停。

秋天，历经季节风雨的南瓜，老了。父亲把它们整整齐齐码在屋檐下。母亲为了防止我们吃厌了，变着花样做南瓜。早上是南瓜稀饭，中午做南瓜饼，晚上吃蒸南瓜。还时不时更新菜系，炕南瓜芝麻饼、炸南瓜园子、晒南瓜干……最后，还把南瓜子淘洗干净，在草木灰里阴干，烘焙成焦香的南瓜子。

就这样，储存的老南瓜一直吃过冬天，到春暖花开，又要种南瓜了。

诗人红土在《像南瓜一样活着》中说："有的时候，我希望自己活得像南瓜，该开花的时候开花，该结果的时候结果，在秋天的时候躺在地里，红得像瓦。"是啊，突然想起儿时，对着一南墙的南瓜，我的小脑瓜常常突发奇想：要是我是一只无忧无虑的大南瓜，该是多么幸福快乐的事啊！

此生，我已与南瓜结下情缘。循着记忆中的南瓜，隔着千山万水，我总能梦到久违的故乡。

荠菜青青待春光

荠菜可以称得上野菜界的明星，乡里长大的孩子没有不认识荠菜的。

早春二月，乍暖还寒时，大地正处在朦胧的苏醒中，荠菜在春光里鲜嫩着，静待人来。

荠菜的花也很美。那米粒般大小的花朵，洁白淡雅如春雪，星星点点，缀满田野、溪头。它朴素可亲，如邻家小妹，一副天真烂漫的俏模样。

儿时，挖荠菜绝对是一大乐事。柔柔的春风吹着、暖暖的煦阳照着，母亲领着我们挖荠菜。

寻荠菜如同探秘寻宝，处处有惊喜。生长在贫瘠的地沟、田埂上的荠菜，长期被人踩踏，匍匐于地；茎叶偏紫灰色，隐于泥土，很难找寻。但这样的荠菜吸足了阳光，味道更为鲜美而浓郁。而种子落入菜地的荠菜，由于土地肥沃，生得翠绿肥嫩，混于菠菜、芫荽等蔬菜间，更难辨认。有时候，我弯腰塌背地寻得眼花心烦，冷不丁，出现一簇簇荠菜，开会似的聚集在一起，正对我探头探脑呢！我便激动地大呼小叫起来，唤母亲弟妹快来，那份如获至宝的惊喜至今令我记忆犹新。

挖荠菜时，用小铲刀轻轻一挑，一颗绿意盎然、沾着泥土清香的荠菜，便盈满掌心。半天工夫，我们便载着满筐成篮的春季芬芳，带着愉悦与满足归去了。

荠菜之美不只在形，更在其味之鲜美。《诗经》中写道："谁谓荼苦，其甘如荠"，盛赞其味清爽甘甜。民间俗语也有"春荠如丹，百菜不鲜"的说法，早春荠菜的鲜味美如仙丹，百菜在早春荠菜面前，会显得黯淡无光。

而母亲烹制荠菜的花样繁多。荠菜快速焯水后青翠欲滴，加少许盐，淋上香油，用蒜泥凉拌，碧绿油亮，清香扑鼻，勾人食欲大开。荠菜洗净切碎调成馅料，可以包饺子、包馄饨、炸丸子，母亲也会加豆腐丁，把鸡蛋打散倒入，煮成荠菜汤，味道也是鲜美怡人。

我最爱吃母亲做的荠菜蛋卷。鸡蛋摊成薄薄的蛋皮，放入调好的荠菜馅，卷成长长的"菜龙"，两头捏好封严，上锅蒸熟，切成小段。金黄的蛋皮包裹着油绿的荠菜，煞是好看。轻轻咬一口，蛋香和着荠菜的鲜香，缓缓入口、徐徐弥漫，滋养着味蕾，让人欲罢不能。

在我心中，荠菜就是春天舌尖上的第一美味。每次吃完荠菜，我都会心满意足地想，我把整个生机盎然的春天都食入腹中了。

春光无限好，食荠正当时。不如去郊外挖荠菜吧，如此赏春色、品春味，才算不负春光，不负大自然的恩赐。

豌豆青青寄乡愁

清代诗人曾廉诗云："一碟青青豌豆煮。春在芳樽，莫道春无主。"浑圆翠绿的豌豆开始大量上市了。

买来新鲜的豌豆，洗净沥水，烧热油锅，与鸡肉丁、胡萝卜丁、玉米粒清炒。一盘色香味俱全的时令"鲜"菜一上桌，立刻成了孩子们的至爱美味。

此情此景，我的味蕾记忆瞬间被唤醒，思念也随之席卷而来。

童年的我，也对豌豆情有独钟。母亲每年便种些豌豆，给我们解馋。豌豆生命力旺盛，有土就能顽强生长。母亲为了节约土地，到处点种——篱笆旁、墙角、田埂上，都是豌豆的家。

春日妍妍，在阳光雨露的滋润下，豌豆苗悄悄探出头，抽出嫩芽，高高昂起头，努力向阳而生。它爬呀爬，纤细的腰肢婀娜多姿，而头顶上的长须似飘带，日日夜夜与春风缠绵共舞。

不久，豌豆花开了，有紫色和白色两种。它虽是农家生的小家碧玉，却花姿动人。豌豆花造型独特，只有四片花瓣，小的两片紫红色，含羞打着朵，楚楚可人；大的两片则裁成浅紫色罗裙，展翅成蝶状。远远望去，仿佛青翠欲滴的藤蔓上，栖息着无数只翩翩欲飞的彩蝶，煞是好看。

豌豆花一开，我就天天盼着它快点结豆荚。

豌豆花是一边开花一边结豆荚的，先开花的，已经结出月牙儿般的豌豆荚，翠绿如玉。在阳光映射下，豆荚里小小的豆粒清晰可见。

过不了多久，豌豆粒便圆润饱满起来。摘下一个剥开，露出绿珍珠般浑圆的豆粒，入口甜而脆。摘一篮子豆荚回家，母亲择好洗净，放入锅中，用清水大火煮熟。最后用笊篱捞出来，装了满满一盆，热气腾腾、清香四溢。吃时也不用剥壳，捏住熟豆荚一端，放入口中，抿嘴唇，牙一咬、手一拉，豆粒全部滑入舌上，嚼起来，清甜糯香。我和弟弟还比赛谁吃得快，一会儿工夫，空豆荚在每个人面前堆成小山。我们还打着饱嗝，大呼吃得不过瘾。

豌豆虽看起来平平无奇，却蕴含着丰富的文化内涵。

豌豆是从千年前的古诗词里款款走来的。《诗经·小雅·鹿鸣之什》中曰："采薇采薇，薇亦作止。"其中，"薇"就是指野豌豆，"采薇"是采食它们的嫩茎叶。远古时代的先民们采摘野豌豆苗食用，戍边战士也会用来果腹。而商朝末年，隐居首阳山的伯夷、叔齐饿死不食周粟，"采薇而食"也成就了文人风骨的一段佳话。

如此看来，不仅豌豆粒好吃，豌豆苗也是柔嫩鲜香的美味，而且还得到了后世文人雅士的推崇。大文豪苏轼，不愧是美食家，他还把食豌豆苗的过程写得生动传神："烝之复湘之，香色蔚其馥。点酒下盐豉，缕橙芼姜葱。那知鸡与豚，但恐放箸空。"他把豌豆苗洗净蒸熟、加盐，拌豆豉与姜葱，便成了绝美佳肴，用来下酒，让其欲罢不能。

如今的豌豆苗也深受人们喜爱。或清炒或凉拌，都是不可多得的鲜味，而且它还是火锅涮菜的新宠。有一次，我同家人一起吃四川火锅，点了一份豌豆苗。翠绿肥嫩的豌豆苗水灵灵的，夹起一筷子，放汤锅里一烫，入口间，那股鲜香顿时溢满了每个味蕾，令人回味悠长。

"采薇采薇，薇亦柔止。曰归曰归，心亦忧止……"古人借家乡的野豌豆来表达出征战士盼望归家的忧思。而如今，豌豆青青又寄托了多少游子的乡愁？

　　时光已匆匆流逝多年，我的唇齿间仍留着儿时豌豆荚清甜的味道。不知何时才能回到家乡，如儿时般，吃一碗母亲煮的豌豆荚，那是我刻在心头永远也化不开的乡愁啊！

童年的春味

小时候，撩人的春风一吹，嘴巴里的馋虫就开始蠢蠢欲动了。从园中的蔬菜瓜果，到乡野的嫩芽花茎，到处都是童年的美味。

童年的春味有榆钱的清香。

"榆荚争春春暗归，绿荫满径染苔衣"。醉人的春风里，榆钱冒出头来，圆如钱币，薄如蝉翼，如同一串串铜钱缀满了榆树。我们这些皮猴儿，把将榆钱当成最好玩的游戏——爬上树，骑在大树杈上，扯一根小枝下来，一把捋到底，如同捋钱串一般过瘾。

玩够了，一人捋上一筐，回家后让祖母做榆钱窝窝头吃。祖母把榆钱洗净沥干水，倒入面粉、玉米面，和好面团，做成窝窝头，上笼蒸。蒸好后的榆钱窝窝头香气扑鼻。再把蒜泥、陈醋、大茴香、辣椒油等调成酱料，蘸着吃，鲜中带香，春日草木的清香便溢于齿颊间，令人回味无穷。

童年的春味也有槐花的甘甜。

"槐林五月漾琼花，郁郁芬芳醉万家"。暮春时节，槐花一开，整个村子都如同浸染在槐花蜜罐里，每个角落都弥漫着馥郁的槐花香，人走着走着就醉了。

槐花慷慨地尽情绽放，宛若一串串洁白的风铃挂满枝头，在春风里摇曳生姿。我和弟弟找来一根长竹竿，绑上一把镰刀，把槐花枝钩下来，便迫不及待地捋下一大把，一下子就塞进嘴里，鼓圆了腮帮子，大口嚼起来，清甜可口，唇齿留香。

母亲偏爱槐花，她总会把槐花的美味发挥到淋漓尽致。蒸槐花菜、煎槐花饼、槐花炒蛋、槐花焖饭、槐花包子……无论怎样做，都让人欲罢不能，就如同吞下了整个春天。

童年的春味还有桑葚的酸甜。

"黄栗留鸣桑葚美，紫樱桃熟麦风凉"。晚春初夏，正是桑葚成熟的好季节。成熟的桑葚，紫红色或紫黑色，如同一个个彩色小棒槌，非常诱人。

放学后，我们把书包一丢，就跑到村后的树林里摘桑葚吃。那饱满的桑葚放在嘴里，轻轻一咬，酸甜的味道就爆裂开来。吃完后嘴唇是黑的，牙齿是黑的，我们还不忘伸出舌头，比一比谁的更黑，然后打闹成一团。

衣服也被果汁染成了黑紫色，回家后，免不了被母亲拿着扫帚，责骂一番："害人啊，这怎么洗得掉？"母亲痛心疾首，我们则没心没肺地又跑去玩了。

想起《朗读者》里说过："味道落到笔上就成了风格，吃进胃里就成了乡愁，刻在心上那就成了一辈子都解不开的一个结。"

离乡二十余载，一想起童年的春天，就是榆钱的香、槐花的甜、桑椹的酸。那是镌刻在心里，永远也抹不掉的记忆、挥不去的乡愁。

腊味飘香年在望

俗话说:"冬至前后,腌鱼腌肉。"冬至一到,腊味飘香的好时节就来临了。

在我们家乡,一进入腊月,家家户户就开始杀年猪、熏腊肉、灌香肠……乡村的空气里,处处氤氲着年的气息。

杀完年猪,最重要的事当然是腌腊肉、灌香肠。公公婆婆把肉分类处理好,猪的前腿和后腿肉是留作腊肉、灌香肠的。婆婆趁着肉鲜,赶紧开始腌制起来。她用食盐配一定比例的五香粉等香料,均匀抹在肉上。婆婆说抹盐万万不能马虎,抹厚了,肉太咸,味不正;抹薄了,不入味,肉易坏。抹好的肉条,一层层铺在干净的大缸里,腌四五天。等盐慢慢渗入肉里,入味了,再将肉条挂到通风处淋下水分。最后,把腌好的肉一头打孔,穿上绳子,系在铁钩上,整整齐齐地高挂在火塘上方。

在我家,公公是熏肉的行家。他每天在火塘里烧柴火,再放上松柏枝、橘树枝、橘皮,火屋里烟气袅袅,一股好闻的熏料香气慢慢蒸腾,缭绕着屋梁,缭绕着高高挂起的肉。公公坐在火塘边,悠闲地抽着烟、听着戏,不紧不慢地熏肉。耐心地熏上半个月,让松柏、橘皮的清香同肉香相互交融,腊肉就开始滋滋地冒小油珠,一点点变得紧实。经受过日复一日熏烤的腊肉,焦黑的外表下，却藏着风味甘香的极致美味。

腊肉熏好后，我们家就开启了腊味的饕餮盛宴。冬日的夜晚，婆婆割下一大块肥瘦相间的腊肉，在灶锅里放红椒、姜片爆炒，放入冬笋、豆腐或萝卜干一起煮好。然后盛在砂锅里，放在火塘边的烤火炉上炖。一家人围炉而坐，锅里热气腾腾的腊肉炖菜，咕嘟咕嘟唱着歌，香味满屋子撒着欢儿。再盛一碗放了腊肠片的白米饭，腊肠晶莹透亮，红油脂渗透进每一粒米里，浓浓的腊香肆意地扑鼻而来，真是让人欲罢不能啊！

公公还常常暖一壶黄酒，一家人吃肉喝酒，说说笑笑，惬意地享受着冬日里腊肉的美味，享受着一家人其乐融融的温暖，平平淡淡的生活便盛满了岁月静好。

美食家沈宏非说："腊肉总是让我想到下雪、棉袄、火炉，以及冬冷里的种种节庆。如果要用一种味道来形容冬天，腊味会是我的首选。漫长的冬日里，一闻到腊味，寡淡的生活，也变得富足美好、有滋有味。"

腊味飘香年在望。对许多人而言，腊味是一种挥不去的情怀，它承载着太多的岁月记忆。只要看见故乡的腊肉腊肠，无论你离家多远，家的味道都会抵达你的舌尖。

满架秋风扁豆花

人间暮色晚，忽而已深秋。秋渐深，转眼已至霜降。万物萧条的晚秋，只有扁豆花却葱茏满架，成了农家菜园里一道别致的风景。

儿时，母亲的小菜园每年必种扁豆。清明前后，母亲在院墙根点种下扁豆，埋土、浇水。不几天，幼苗探头，悄无声息地生长。那纤细的藤蔓，柔韧有力，一个劲儿地努力向上攀爬，爬上院墙，再爬上树干，探出头来，得意地向外张望。

秋天，是扁豆开花结荚的黄金时期。秋风中，扁豆花开得正旺。那一丛丛、一簇簇、一串串白白紫紫的扁豆花，犹如一群群振翅欲飞的彩蝶，栖息在柔长的藤蔓上。挨挨挤挤、热热闹闹，花没完没了地开，荚也没完没了地结。

扁豆花通常有紫、白两色，紫色的花结紫扁豆，白色的花结白扁豆，花落、结荚、豆成。或紫或白，一嘟噜一嘟噜的，惹人喜爱。它们大大小小，形如弯月、如蛾眉。花开花落，豆生豆长，生生不息地诠释着生命的意义。

扁豆是夏秋时节农家上好的绿色蔬菜。母亲会选嫩一点的扁豆切丝配青椒炒，也会配肉红烧。或在深秋时节，晒扁豆干储存，做过冬食材。而我最喜欢吃的还是母亲用扁豆做的焖面。

我喜欢帮母亲择扁豆。我用手掐住扁豆的尖角，慢慢撕扁豆的筋丝，从这头到那头，卷曲的细丝从指尖剥落。择一篮扁豆，地上堆满了绿丝、紫丝，如同一团团彩线，任我缠绕把玩，在地上摆出各种图案，充满了乐趣。在洒满秋阳的扁豆架旁，我乐此不疲地玩，母亲眉眼含笑地看。这一幕，镌刻成我童年记忆相册里最美的画卷。

择好扁豆，母亲开始做扁豆焖面了。我坐在灶台后负责烧灶火。母亲做面的每一道工序都极其讲究。只见母亲先把切好的大蒜、姜丝放入烧热的油锅爆香，然后放五花肉丝，加调料煸炒，再放入扁豆丝翻炒。翻炒均匀后，加入没过扁豆的水。等汤汁烧开后，母亲把细细的湿面条抖开均匀摊到锅里的豆角上，盖上锅盖，大火转小火焖面。

又过了一会儿，母亲在面上均匀浇上用酱油、盐、猪油、水调好的调料汁，再焖一会儿。待汤汁差不多被面条完全吸收，就拿着筷子把锅里的扁豆丝和面条搅拌均匀，一锅热腾腾、油亮亮的扁豆焖面就出锅了。

顿时，香气爆发四溅，弥散开来，盈满灶屋。我迫不及待大吃一口，满嘴生香，转眼间就吃个碗底朝天。

对于我来说，儿时能吃一碗母亲做的扁豆焖面，就是暖暖的幸福，它足以温暖我一生的岁月漫长。

"一庭春雨瓢儿菜，满架秋风扁豆花"。明媚的秋阳里，我偶遇一簇簇紫色的扁豆花盛开在异乡的篱笆上。我呆呆地站在架下，仰望，与满架扁豆花对视；凝眸，如遇故知般，喜极而泣。

像我这样吃扁豆长大的孩子，乡情留在舌尖，扎根在心里。无论我们走多远，与扁豆的情结，如同这缠缠绕绕的藤蔓，爬满了乡愁与思念，春种秋收，四季轮回，生生不息。

有粥三冬暖

"霜气横空月色明，寒侵肌骨不胜清"。隆冬时节，寒气透骨，即使裹了厚厚的棉衣，这样的清寒也令人难以忍耐。此时，没有什么比喝上一碗热腾腾的粥，更让人倍感温暖的了。

儿时，祖母最爱熬苞谷红薯粥。她总是一边捏我的胖脸蛋，一边说笑："苞谷糁放红薯，脸蛋吃得嘟噜住。"说完笑得合不拢嘴。

冬日里，祖母熬苞谷红薯粥时，我总爱依偎在她身旁，看她忙忙碌碌。

祖母先往大铁锅里添半锅水，把红薯削皮洗净，切成方方正正的小块，放入锅中。锅盖一盖，便开始烧火了。干燥的棉花秆子熊熊燃烧，发出噼噼啪啪的声音，如同在灶膛里演奏悦耳动听的乐曲，火苗则跳着欢快的舞蹈，甜蜜地舔舐着锅底。水沸腾起来，咕嘟咕嘟响好一阵儿，祖母揭开锅盖说，红薯熟了，可以放苞谷糁了。她把一小碗金黄色的玉米糁儿放入清水中，均匀和成糊，然后，一边往沸水中倒玉米糊，一边用长筷子快速搅拌。接下来就是小火慢熬了。

熬粥时，祖母一刻也不敢怠慢，她用勺子快速地在锅底搅动，稍微慢一点，粥就会粘了锅——糊了。须臾间，苞谷的甜香便氤氲满屋，绵软黏稠的苞谷粥里，玉米糁儿甜香，红薯软糯。经过火与水的高温历练，早已成了你中有我、我中有你的灵魂伴侣，缠缠绵绵融为一体了。

此刻，我的馋虫早已蠢蠢欲动。祖母盛一碗热粥，刮一下我的鼻子，笑道："小馋猫，来，先尝一尝。"我也顾不上热粥烫嘴，连连吹气，吃一口红薯，喝一口热腾腾的粥。一时间，颊齿生香，暖了胃、甜了心。

窗外，北风卷着雪花，跳着优美的华尔兹。屋内，一大家十几口人，围坐一桌，就着小葱拌豆腐、清炒小白菜，热热闹闹讲笑话，咕咕噜噜喝热粥。这是我儿时的冬日记忆里最平常，也是最温暖的画面了。

后来，我到外地求学，早餐，总喜欢点一碗粥，慢慢喝，虽然品不出家乡的味道，内心却涌上浓浓的乡愁，愈发思念亲人。

再后来，我到外地工作，租住房子，但是再昂贵的电饭煲也熬不出家乡粥的香甜。不只是没有土灶、不只是没有烟火气，而是熬粥的人不在了，熬粥的时光也永远尘封在记忆深处了。

今早，父亲打电话来，我问他早饭吃什么，父亲随口答："苞谷糁儿红薯啊！"顷刻间，我的胃竟骤然涌出一股暖流。

我说："爸，我等几天回去住几天，你用柴火锅给我熬粥喝。""好，好，我都准备好。"父亲满心欢喜，连连答应。

今冬不觉寒，有粥暖三冬。一碗热粥，一份亲情，最能让我们在寒冷的冬日里感受到家的温暖。

人间至味雪里蕻

冬月是腌咸菜的好日子。腌咸菜的材料五花八门，芥菜、大白菜、洋生姜、萝卜等，而我觉得腌菜之极品非雪里蕻莫属。

雪里蕻在南方叫雪菜。清人汪灏在《广群芳谱》中写道："四明有菜，名雪里蕻，雪深诸菜冻损，此菜独青。"冬日里，积雪深厚，园子里其他蔬菜皆冻伤，惟雪里蕻不避严寒，与风雪抗争，茂盛青翠，蓬勃生长。

新鲜的雪里蕻有辛辣味，只有腌着吃才有不同寻常的味道。

在我家，婆婆是腌菜的行家里手。腌菜之法，各地大同小异。袁枚在《随园食单》里记载："一法整腌，以淡为佳；一法取心风干、斩碎，腌入瓶中。"勤劳能干的婆婆腌制雪里蕻特别有耐心，她按挑、洗、晒、腌四步来制作这道美味。

择个晴日，婆婆将经了霜的雪里蕻从菜园子里拔回来，我们一家人在院子里热热闹闹地忙活起来。择掉黄叶，削去老根，将所有的菜细心地整理干净。然后用清水洗净，搭在绳子上晒干水分，等雪里蕻晒得软塌塌的，便可以开始腌制了。

婆婆手把手教我做腌菜。她将雪里蕻和盐混合，反复揉搓后，再按放一层菜、撒一层盐的方法，放到干净的陶缸里。每一层菜都塞紧、压实，压出卤汁，最后用塑料布包扎好，在最上面压一块大石头，便可静待美食了。

半月后开缸，只见雪里蕻呈黄绿色，鲜香味扑鼻而来。

咸鲜的雪里蕻既能独立成菜，又能"百搭"。它与其他食材搭配或炒或炖，皆不失其鲜，却刺激着味蕾，令人生津开胃。

婆婆做的雪里蕻炒毛豆风味独特。油锅烧热，放大蒜片、葱花、姜末和红辣椒粒爆炒出香味。再将毛豆粒倒入翻炒、炖熟。最后，倒入雪里蕻翻炒入味。雪里蕻毛豆，青翠欲滴，咸香鲜辣又爽口，超级下饭。拌进白米饭里，孩子们可以吃上满满两大碗，大呼过瘾。

冬日的早晨，吃一碗婆婆做的雪里蕻肉丝面，更是幸福满满。先在热油锅里炒散肉丝，加生姜丝、辣椒粒、蒜苗爆香，再放雪里蕻翻炒。最后，放少许豆瓣酱，放清水烧开，做成浇头备用。面条煮好，每一碗面里浇上一大勺雪里蕻肉丝浇头。婆婆喊一声，开饭喽！一碗碗香气扑鼻的面端上来，我们迫不及待地用筷子把雪里蕻肉丝浇头搅拌到面里，大吃一口，面条绵软，肉丝咸酸鲜香。原本清汤寡味的面变得口感丰富起来，真是越吃越带劲，最后连汤也喝得精光。

此时，婆婆总站在一旁，看我们吃个碗底朝天，笑得心满意足。对婆婆来说，为了家人，她在烹制饭菜时，把心意和情感都融进去。做好了，热气腾腾地放在我们面前，看我们吃得额头发亮、鼻尖冒汗，就是最大的幸福。天下母亲不都是如此吗？

人间至味雪里蕻。一道道以雪里蕻为配角的菜品丰富了老百姓冬日的餐桌。而在我家，有婆婆在，有雪里蕻可食的日子，每一天都是有滋有味的。

桂子飘香月又圆

一到中秋，我便想起祖母，想起桂子飘香的月圆夜。

祖母是个小脚老太太，头上梳着精致的发髻，走起路来如杨柳扶风般雅致。一年四季，花开花落，她都在院子里的桂花树下，忙不停歇。

处暑过后，我家的桂花树就慢慢开花了。"叶密千层绿，花开万点黄"，米粒大小的花瓣，金黄金黄的，一簇簇，密密匝匝，点缀在墨绿浓郁的叶子间，像碧天里闪烁的星星。空气里弥漫着桂花的甜香，整个村子都浸在桂花的蜜罐里。

作家琦君说，桂花成熟时，就应当"摇"。

摇桂花是我童年的一大乐事。选一个晴天，母亲带着我和弟弟站在桂花树底下，我们一人扯着大床单的一角，父亲爬上树，双手用力地摇枝。顿时，金色的桂花就簌簌地落下来，我和弟弟乐得大叫："下桂花雨了，下桂花雨了——"桂花落了祖母满头满身，她也不躲，沐浴在桂花雨中，静静望着我们，目光里柔波荡漾，笑得心满意足。

摇完桂花，祖母又忙着做桂花酱了。她坐在阳光里，细细地剔除花梗和叶子。接着，她又把桂花放在盐水中泡十来分钟，之后，用井水冲洗三五遍，再铺在大簸箕里，晾干。晚上，祖母把晒干的桂花放在透明的罐头瓶里，一层桂花一层蜂蜜地腌。琥珀色的蜂蜜点缀着金黄，如透明澄亮的水晶，煞是好看。

盼了四五天，桂花酱终于腌制好了。祖母先给我尝尝味儿，等我解了馋，她又让我给街坊四邻送。我紧紧地抱着一瓶瓶桂花酱，舍不得送出去。祖母用手指刮着我的鼻子笑话我："小气鬼，不能只甜我一家，要甜大家一起甜。"

我不情愿地挨家挨户送桂花酱，酱送完了，也意外地带回来一满筐蔬果。婶娘家的红柿子、二伯家的大鸭梨，还有小嫂子家的黄瓜和茄子……祖母摸摸我的头打趣道："收的比送的还多呢！有好东西要和大家分享，你有好事想着别人，别人也就会想着你。"我羞愧地低下头，心想：祖母大字不识，懂的道理真不少！"好东西要和大家分享"，祖母的话，在我心里扎了根。

到中秋节的晚上，皓月当空，桂花树下树影婆娑。我们一家人热热闹闹地围坐在一起。祖母用雪梨和莲子煮好汤，放上两勺桂花酱，端给我和弟弟一人一大碗。雪白的梨、饱满的莲子、藕粉色的汤、金黄的桂花蜜流泻其中。我忍不住吃一大口，浓郁的桂花香混着清淡的梨香，丝丝缕缕扑进鼻腔，软糯甜香在口中轻盈地缭绕，又一股脑儿滑入喉咙，心里便盛满了一罐蜜。在月朗星稀的中秋夜，伴着桂花香，慢慢品尝一碗雪梨桂花汤，是一件多么幸福的事啊！

那时的我们，桂花树下桂花雨，桂花雨落桂花蜜，连梦里都是甜的。

又到一年月圆时，"桂子月中落，天香云外飘"。想念祖母桂花酱的甜，想念那一碗雪梨桂花汤的香。又何止是中秋啊，它会染香我这颗思乡的心，还有一生的岁月静好。

尝一口春天的味道

"雨前椿芽嫩如丝，雨后椿芽如木质"。一场春雨一场暖，春菜的"顶流"香椿又新鲜上市了。在我心里，春天的味道就是香椿鲜香的味道。

儿时，老家的小院里栽种着几棵香椿树。春雨落，万物生。一株株颀长的香椿树梢上，悄悄冒出嫩芽，沐着春光，细芽微笑着慢慢舒展，嫩绿中蕴含着缕缕紫红。羽状的叶片如翡翠般晶莹剔透，闪烁着生命的光泽。嫣红的叶、油亮的茎，装扮着绚丽多彩的春天。

母亲用长竹竿攀着香椿枝下来，我小心翼翼地伸手采摘，生怕弄疼那新生的嫩芽，轻轻一掐，一声声脆响，一簇簇嫩芽应声落入篮中。我捧着一篮子香椿，一股馥郁的芳香沁人心脾，这香气独特而迷人，仿佛是大自然特意为春天调配的香水，让人沉醉其中。摘了香椿的手也留有余香，久久不散，让我心情愉悦。

香椿不仅香气醇厚迷人，它的味道也是绝佳。李渔的《闲情偶寄》中云："菜能芬人齿颊者，香椿头是也。"

母亲把采摘下来的香椿，用井水洗净，放入沸水中焯烫片刻，待茎叶绿如翡翠时快速捞出，沥水放凉后，切碎，放入嫩豆腐丁中，再加入适量盐、香油，搅拌均匀即可。一家人围坐啃着馒头、喝着小米粥，吃着香椿拌豆腐，便觉得是世间最奢侈的早餐了。

汪曾祺也在散文《豆腐》中描述："香椿拌豆腐，是拌豆腐里的上上品，嫩香椿头，芽叶未舒，香气扑鼻……一箸入口，三春不忘。"

我一直以为香椿和鸡蛋才是绝配，热油锅冒着青烟，切碎的叶芽裹着蛋液，倒入，滋啦一声，蛋液唱着歌，满屋氤氲着香椿和鸡蛋的鲜香，快速翻炒，出锅。一盘香椿炒蛋就如同一件艺术品，金黄的蛋、翠绿的嫩芽融为一体，让人赏心悦目。尝一口嫩滑可口、鲜香四溢，味蕾瞬间舞动起来，让人欲罢不能。

母亲最擅长的是做香椿煎饼。把香椿切碎放入调好的面糊里，加入调味料，搅拌均匀。倒入热油锅中，用锅铲摊成薄薄的圆饼，煎成两面金黄。热气腾腾的煎饼出锅了，母亲再放入调制好的香菜、绿豆芽、萝卜腌菜等，精心卷好，一人一个，咬一口，外酥内软。弟弟鼓着腮帮子，夸张地喊叫："我把整个春天都吞进肚子里了。"逗得母亲在一旁，满足得眉开眼笑。

民间有俗语曰："三月八，吃椿芽儿。"食香椿，又名"吃春"，寓意迎接新春到来。因此，祖辈们也称香椿为"春天"。香椿是大自然赋予我们的礼物。但它不仅仅是一种食材，更是一种情感的寄托。

我想起林清玄在《家有香椿树》中写道："我在市场里看到有人卖香椿，一大把十元，简直有点欣喜若狂，立刻买了三把回家，当天晚上就做了香椿拌面、香椿炒蛋、炸香椿，吃的时候自己都觉得好笑，感觉自己就像得了相思病，不，是香椿病。"作者因食香椿来怀念父亲。

其实，我何尝不是一样？每到春天，从菜市场买来几把香椿芽，做成各种香椿菜，真是恨不得"日啖香椿三两斤"，好像这样才不辜负春天的恩赐。我想我也是得了"香椿病"，不，是"思乡病"，因为吃香椿时总让我想起无忧无虑的童年，想起回不去的故乡，想起母亲的各种香椿美食，继而，深深地思念逝去已久的母亲。

　　想到此，我立即出门买了两三把香椿芽，如获至宝般，紧握手中。伴着一路醇香，我忙不迭回家，烹饪成各种香椿美食。

　　我尝一口春天的味道，轻轻告诉母亲，春天来了。

凉夏一碗水晶糕

炎炎夏日，要是能吃上一碗母亲做的水晶糕，该是多么美好的事情啊！

水晶糕就是红薯凉粉。小时候，一到夏天，母亲就会做红薯凉粉给我们消暑。做好的红薯凉粉在冰凉冰凉的井水中冰镇半个时辰，切成小块，调上甜滋滋的桂花蜜或酸辣口味的调料，就成了我们家夏季清凉解暑的圣品。

我最喜欢看母亲做红薯凉粉，看着母亲的一双巧手，在红薯粉中上下翻动，如同制作精美的艺术品一样，精细纯熟。

做红薯凉粉需要用到自己家产的红薯淀粉。母亲每次都会准备一个大面盆，挖两小碗洁白的红薯粉，再舀四碗凉水加入盆中，慢慢搅拌，并用手细细地把红薯淀粉碾细，让它们在水中融合在一起，然后纱网过滤掉杂质，一盆细腻的红薯淀粉水就成了。

接着，母亲舀七八碗水倒入锅里，让我大火烧开，水开后马上转成小火。只见她把搅拌好的淀粉水慢慢倒入锅中，边倒边用擀面杖搅拌，等淀粉水全部加入之后开大火，红薯淀粉水开始变成稠糊状。母亲说，要不停地搅拌，才能受热均匀，不然就煳了锅。

当看到红薯淀粉水已经由白色慢慢变成半透明的琥珀色，并开始冒大的泡泡，母亲便擦着满头大汗兴奋地说，煮熟了，可以关火出锅了！

母亲小心地把热乎乎的红薯凉粉用锅铲铲出来，盛在圆圆的大白瓷盆里，然后冰镇在冰凉凉的井水里。

半个时辰后，母亲把冰镇好的红薯凉粉，倒扣在干净的大面盆里。半透明的红薯凉粉，像水晶一样透着迷人的光泽。接下来，母亲小心地用刀子把水晶糕切成方方正正的小块。

由于家里人多，大家的口味不同，母亲总是准备两种调料。我们姐弟三人喜欢吃甜的，母亲用白糖、桂花蜜、花生仁、瓜子仁和薄荷叶调出甜味的调料，浇在凉粉上软糯Q弹、圆润剔透。奶奶和父母亲喜欢吃酸辣的，母亲用食盐、陈醋、辣椒油、白芝麻、香油、大茴香、蒜汁调出酸辣口味，倒在凉粉上，搅拌均匀，晶莹剔透的凉粉、红亮亮的辣椒油让人不禁垂涎三尺。

我和弟弟一人一大碗，迫不及待地舀上一勺，凉粉和甜汤一起放入口中，舌尖裹着桂花蜜的甜味，香甜冰爽的味道在整个口腔内四处飘荡，我们风卷残云般吃个碗底朝天。弟弟馋得不行，吃完后，还用舌头在碗边舔上一舔呢！

妈妈看着我们贪吃的样子，总忍不住哈哈大笑，一边帮我们擦嘴角，一边骂我们小馋猫！

后来长大了离开家，吃过各种口味的凉粉，却再也没有吃到如母亲做的那般美味。

每到炎炎夏日，我总会怀念起冰镇水晶糕的甜蜜爽滑，多想再吃一碗母亲做的水晶糕啊！

布谷声里苞谷香

"苞谷——苞谷——"飞飞布谷鸟，蔼蔼桑树烟。布谷鸟真是鸟界的劳模，炎炎夏日，其他动物都瘫在洞穴，就布谷鸟还顶着火辣辣的太阳，陪伴着苞谷开花结果。

小时候，我总盼望暑假的到来，盼望着在苞谷地旁吃外公用柴火烤的苞谷，连空气里都弥漫着香甜。

每当太阳挂上西天的树梢时，外公带着我和两个弟弟浩浩荡荡开进了苞谷地。对于烤苞谷，我们祖孙四人有着天然的默契。外公用镰刀在田埂边角处刨一个大灶坑，用土坷垃三面围成个简易灶台。我和弟弟负责去地里掰苞谷。选苞谷我最在行，撕开苞谷的纱衣，用指甲一掐，硬硬的，但有白色乳液流出来的苞谷，烤起来才好吃。我们一人抱两三个胖乎乎的苞谷兴冲冲地跑过来；外公已经捡来干枯的苞谷秆、枯树枝等堆成一堆，就等我们的苞谷了。

我和弟弟蹲坐在地上，目不转睛地盯着外公的手，看他往灶膛里塞柴火——熊熊的火焰燃烧起来。接着，外公用树枝分别串起三个苞谷，放在火上烤，火舌贪婪地舔着新鲜的苞谷，发出滋滋的响声。火光映着我们三个兴奋的小脸，火苗在我们饥渴的小眼睛中不停跳跃。

"好了！"外公一声令下，我们三人弹簧般跳起来，猴急着夺过烤苞谷，一人一根。外公不忘嘱咐："别着急，刚烤的苞谷烫手！"烤苞谷冒着热气，我们不管不顾，两只手轮换着托着苞谷，鼓着腮帮子使劲地对着吹气儿。

外公烤的苞谷，金黄色中还有丁点儿焦煳，上面还沾少许的柴灰。等苞谷稍微凉些，我们捧着苞谷棒子狼吞虎咽地狂啃起来，软糯香甜都溢到心窝里了。外公宠溺地看着我们，总是微笑着不停念叨："慢着吃，没人跟你们抢，还有呢！"我们忘记了一切，全身心投入在啃苞谷上，直到最后只剩下一根光秃秃的苞谷芯。再看看我们黑黢黢的小脸上沾满炭灰，活脱脱成了川剧大花脸，我们看着对方的脸咯咯笑个不停。

我们一人干掉两粒根苞谷，摸摸圆滚滚的肚皮，顺势往草地上一躺，不知名的小花在我身边摇曳生姿，我右脚翘在左膝盖上，一边用一根狗尾巴草剔牙缝里的玉米皮，一边悠闲地观风景。瓦蓝瓦蓝的天幕如同一汪清泉般清澈洁净，有一两颗星星在隐约闪烁，偶尔有几丝云絮飘过。

看西天，太阳已接近地平线，落日余晖映红了半边天，也映红了外公古铜色的面庞。他稳稳地坐在夕阳的金光里，嘴里叼着长长的烟斗，看着我们一口一口地吃掉苞谷，心满意足地笑着。

三十年光阴，弹指一挥间，又是炎炎夏日，吃烤苞谷的季节又到了。遥想此时的家乡，布谷鸟一定正声声呼唤："苞谷——苞谷——"只是，当年烤出软糯香脆玉米的外公已经走了。

童年的柴火烤玉米，散发着童年香甜的滋味和外公无限宠溺的爱，一股脑占据了我整个童年记忆，温暖了我一生的似水流年。

灶糖甜望新年

在儿时的记忆里，小年是香甜的灶糖味。

俗话说："二十三，糖瓜粘。"一到腊月二十三，便拉开了"新年序曲"。家家户户都要开始置办年货，准备开始热热闹闹地过新年。

小时候的我们，一年到头吃不到什么零食，除了盼着过年，还特别盼望小年，因为按照习俗，这一天要"祭灶"，就可以吃到酥甜香脆的灶糖了。

腊月二十三，天还未亮，奶奶和妈妈就开始忙起来了。妈妈烧火，奶奶做灶糖。我和弟弟也迫不及待地从热被窝里爬出来，守在灶边等着吃灶糖。

制作灶糖是个技术活儿，不急不躁方能做出美味的灶糖。奶奶先把面粉在锅中炒成浅黄色，等闻到熟悉的焦香味，就把炒面盛出来，均匀撒在面板上备用。

接下来就是熬糖稀了。只见奶奶把适量的油倒入烧热的铁锅中，再把白糖均匀撒到油锅里，然后用铁铲不停地搅拌，等到白糖全都融化，放入一团麦芽糖，继续搅拌。糖稀在锅里咕噜咕噜，欢快地冒着泡、唱着歌，颜色由浅黄变成金黄色时，奶奶就把炒熟的芝麻倒进去，翻炒均匀，就可以开始制作灶糖了。奶奶把芝麻糖稀铲出来，铺在面板上，趁热用铁铲快速压扁，再撒上炒面，用擀面杖擀成薄片。最后，用刀切成长方形小块，摆放在竹篾上。美味的灶糖就新鲜出炉了。

奶奶吩咐我把灶糖搁在外面的石桌上，冬天屋外气温低，灶糖很快就变凉变硬，不再黏手，就可以吃了。我拿起来咬一口，味道香醇，酥而不腻，齿颊间满是麦芽糖的清香。我品尝着砂糖，感觉甜蜜的味道都在空气中蔓延。

天黑后，就开始祭灶神了。祭灶前奶奶还不忘把灶神的故事再讲一遍。

灶神，俗称"灶王爷"，负责管理各家的灶火，被老百姓们奉为家庭的保护神。相传灶王爷每年腊月二十三就要去天庭，将一年记录下的事禀告玉帝。因此，在这一天，人们都要"祭灶"，恭送灶神上天做年终工作总结。人们把糖瓜献给灶王爷，让他吃过糖后嘴变甜，多说好话。也就是"上天言好事，下界保平安"。

我家的灶神画一直贴在厨房墙上。在我眼里，灶神留着长长的胡子，笑眯眯的，如同外公一样和蔼可亲，怎么可能说我们坏话呢？这令年幼的我百思不得其解。

长大了，我才明白，这都是老百姓最为美好的期盼。满满的麦芽清甜，是先民智慧的结晶，流淌着世代传承下来的文化味道。

过了小年，吃了灶糖，热热闹闹的年就越来越近了。香甜的灶糖，粘住了幸福，粘住了好日子，让甜蜜伴我们一年又一年！

母亲的花样馒头

儿时的记忆里，过年若能吃上母亲做的花样馒头，那个年便是幸福吉祥的。

在我的家乡，每逢过年，家家户户都要蒸上几笼馒头。馒头是发面做的，过年蒸馒头寓意着来年发大财，日子过得蒸蒸日上。

蒸馒头是母亲过年的头等大事。过了小年后，她就开始像陀螺一样不停地忙碌起来。邻居家里蒸馒头走个形式就够了，而心灵手巧的母亲偏要把馒头蒸出各种花样来。

每次我家蒸馒头，一群伯母婶婶都来我家凑热闹，说是帮忙，其实是来围观母亲的"才艺表演"。

母亲在前一晚上已经把面团发酵好，蒸馒头的材料也准备充足了，接下来就开始揉面、做花样馒头了。

做馒头是一项技术活儿，要有足够耐心。母亲把大面团反复揉十几遍，搓成粗长条，再切成大小均匀的小块，每一块反复揉成圆形，然后做成桃子的形状，最后用筷子蘸着胭脂红，在桃身上点上梅花，又仔细把桃尖染成红色，寿桃馒头就做好了。

寿桃馒头做好后，母亲把高粱面或玉米面揉进白面团里，揉成黑白相间、黄白相间的花纹馒头。接着，她在圆滚滚的馒头中间划出十字刀口，在正中间放一枚大红枣，做成开花馒头。母亲还做了元宝馒头、鲤鱼馒头、枣花馒头……每一种都有不同的寓意和美好的期盼。

花样馒头做好后，母亲把它们整整齐齐地摆放在蒸笼里，开始上锅蒸了。

三四十分钟后，馒头开笼了！热气腾腾的馒头香弥漫了整个院子。再看看蒸好的花样馒头，一个个白白胖胖的，造型各异、栩栩如生，煞是好看。二娘打趣妈妈："你这馒头太好看了，哪还舍得吃啊！"引得大家一阵哄笑。我看到开花馒头咧开了大嘴，拍着手喊道："妈妈，你快看，这些馒头都笑了。"大伙都笑着夸我聪明，讨了个好彩头，来年一定顺顺利利的！

最后，母亲还把花样馒头分给伯母婶婶们。等大家满心欢喜地离开了，母亲看着辛辛苦苦忙活了大半天蒸的馒头都分完了，心满意足地笑了。

如今，好多年没有吃到母亲蒸的花样馒头了。每逢过年，我都要带着孩子们蒸一锅热气腾腾的馒头，在缭绕的雾气中，发酵着家的温暖。此时，我会咬一口软糯清甜的馒头，仿佛品味着儿时和母亲一起蒸馒头时的幸福与甜蜜。

霜柿垂红分外甜

在我的记忆中，老家门口的那棵柿子树，是深秋最美的风景。

"烟松结翠寻常润，霜柿垂红分外甜"。霜降已至，柿子正式登场。往日的青色果子，经了秋霜，酿出浅黄或橘红的果实。望着这一树热闹的柿子，恍惚间，我有一种时空交错的惊艳。仿佛透过它，回到了美好的童年时光。

摘柿子是童年一大乐事。选一个晴天，母亲带着我和弟弟站在柿子树底下，我们一人扯着大床单的一角，父亲在一根长竹竿的顶端绑上一个硬铁丝拧成的钩子，用来摘柿子。他站在凳子上，手中的竹竿轻巧地左拧右拧，柿子就听话地一个个往下掉。我和弟弟乐得大叫："下柿子雨了，下柿子雨了——"秋阳金子般洒落下来，母亲沐浴在暖阳里，静静望着我们，目光里柔波荡漾，笑得心满意足。

摘下来的柿子依旧十分苦涩，母亲又忙着烘柿子。她把柿子深深埋进麦子堆里，我们每天放学回家，总不忘去瞧几眼，咽几下口水，眼巴巴地等着吃柿子的那一天。这时母亲总会摸摸我们的头，温柔地笑道："馋了吧？再等等，过几天就好了！"

十几天过去，柿子终于烘好了。母亲悉心地扒开麦子，把柿子一个个从麦堆里拣出来。柿子已经烘好，拿起来软软的，半透明的柿子皮，亮晶晶的，诱人食欲。我迫不及待地拿下柿子蒂，捧起来就使劲吸起来，软糯香甜的柿子肉就全吸进嘴里。真甜啊，简直就是一兜蜜！母亲看我吃得满手满嘴都是，一边拿手帕擦掉我嘴角的汁水，一边笑吟吟地戏谑我："慢点吃！心急吃不了好柿子。"而母亲吃柿子的动作则优雅至极。只见她左手托着柿子，用指尖捏破柿子薄皮，轻轻地撕拉。不一会儿，只剩下鲜红鲜红的果肉，如一个又大又圆的溏心蛋黄，她再一小口一小口吃下。我看得入了迷。

那一刻，我多么希望时光可以再慢一点、再慢一点，让我一直享受此刻的安然与美好。

如今母亲已过世十载有余。而每年深秋时节，柿子树上都会挂满了火红的柿子，如同母亲在那里点燃了一盏盏红灯，照亮我回家的路。无论生活中经历再多乡愁别绪，我都会被这一树的柿子抚慰、治愈。

又至深秋，阳光正好，秋风拂面。我坐在老屋的柿子树下，阳光透过密密匝匝的柿子叶，筛下稀碎的婆娑倩影。我突然泪盈满眶，怀念起我的母亲。

元宵节，酿一碗人间烟火

又是一年元宵至，人喧月明灯如昼。浓郁的年味还在唇齿间留香，意犹未尽。而元宵节已经开始酿就一碗人间烟火，温暖着每一个华夏儿女的心田。

元宵节，自古就有"北滚元宵，南包汤圆"的习俗，寓意着新的一年团团圆圆。而汤圆和元宵，追根溯源，是同一种食物。吃汤圆的风俗始于宋代，在岁月的演变过程中，渐渐形成了南北方两种不同的制作手法和叫法。

我出生在北方，儿时，一到元宵节，祖母和母亲就忙着"滚"元宵。

"滚"元宵是童年的一大乐事！祖母把早已洗净晾干的黑芝麻、花生米研磨成碎末，加适量白糖，少许蜂蜜、食用油，搅拌均匀，捏成圆圆的小球，摆放在院子里冷却。这时，母亲已经在大簸箕里放好了糯米粉。半个小时后，母亲欢声一喊："滚元宵了！"我们便飞奔而来，一双双小手紧抓簸箕，一张张红扑扑的笑脸围着硕大的簸箕，如同一大朵盛放的向日葵。

开始"滚"元宵了。祖母把蘸水的小球往糯米粉里一倒，母亲发号施令："一、二、三，开始！"大人和孩子一齐抓着大簸箕，朝着一个方向慢慢转动起来。母亲还领我们唱歌谣："元宵节，滚元宵。滚呀滚元宵，外婆的元宵甜又圆……"伴着悠扬的歌谣，洁白如雪的糯米粉里，一颗颗小球欢快地滚动、跳跃，如同在雪地里翻滚、撒欢儿的胖娃娃。就这样，滚一道，过一道水；再滚一道，再过一道水，经过"六蘸六滚"，香甜的馅料与雪白的糯米粉紧密拥抱，黑瘦的小娃娃逐渐滚成了白墩墩的胖娃娃。而我们的小脑袋上也冒着热气，个个乐开了花。

"滚"好的元宵，有多种烹饪方法，煮、煎、蒸、炸……口感各有千秋。刚煮好的元宵，吃起来软糯香甜。而炸好的元宵金黄透亮，焦香酥脆的外皮下是软糯的糯米面和馅料，入口香甜，回味绵长。

后来，我远嫁南方，一到元宵节，公公婆婆又忙着包汤圆。

包汤圆如同包饺子，先把糯米粉加水和成面团，再揪成小团，挤压成圆片。放馅儿，转边收口做成汤圆。包的馅料也有甜有咸，有荤有素，花样繁多。

婆婆是做汤圆的行家里手。她包的大汤圆，有拳头大小，包裹着丰富的馅料：鲜肉、火腿、虾米、笋干、荠菜等，煮好的大汤圆表皮儿光滑、口感细腻，轻轻咬破的一刹那，软糯的米香混着肉蔬的鲜香，一齐宠着你的味蕾，让人欲罢不能。

而婆婆包的小汤圆用来做酒酿圆子。酒酿味浓甜润，汤圆软糯，汤品甜香，点缀着枸杞、红枣、桂花。我们对生活圆满、甜蜜的期盼都承载其间，道不尽的幸福绵长。

我想：无论是北方的元宵，还是南方的汤圆，都取团圆之意，都是长辈们精心烹制的，包裹着浓浓的爱意和美好的祝愿。而一份份元宵、一碗碗汤圆、一道道美味佳肴里，都是一种代代相传的仪式，传递着深厚的家族情感。

元宵佳节时，灯火阑珊处，家家户户酿就一碗人间烟火，共同品味着岁月的韵味，感受着家的温暖。这一刻，温馨而悠远。

第三章

忽有故人心头过

藏在棉被里的爱

秋末冬初，太阳温暖得像盛开的棉花，一朵朵落下来。这个天气，正好适合晒棉被。

我把衣柜里的棉被都捧到阳光下，一一展开来晒。被面上大团大团的花，仿佛在阳光下盛开着，那儿时的记忆，也一起穿透岁月，来到我的眼前。

每到棉花收获的季节，母亲总念叨着，该添床新棉被过冬了。

阳光和煦的日子，母亲在院子里铺两张大席子，开始做新棉被了。我们一起把竖条纹的被里铺展抻好，然后母亲先把弹好的棉絮一层一层均匀铺平，再麻利地抖开被面。红艳艳的牡丹花在阳光下肆意怒放，金光闪闪的凤凰，骄傲地秀着羽毛，整个院子里如春天般明媚生动。

母亲戴上顶针，开始穿针引线。她一手捋着被面，一手行针走线，时而埋下头快速扎针，时而高高举起手臂扯线，只见小小银针在她手中上下翻飞。不到半天工夫，一床新棉被就大功告成了。

新棉被一做好，我和弟弟就兴奋地扑上来，在上面肆意地打滚、嬉闹。我想，母亲新做的棉被，一定是缝进了云朵，又白、又轻、又柔软。玩累了，我就把小脸埋在棉被里，被子软软的、阳光也软软的，像母亲温暖的怀抱，让人想舒舒服服地睡一觉。

后来，无论是我求学住校，还是在外地漂泊，都带着母亲缝制的棉被。每个冬日的夜晚，外面冰天雪地，而我裹在母亲的棉被里，任西北风呼呼作响，心暖梦甜。

我结婚时，母亲执意要给我缝制新棉被。她和父亲扛着厚厚的棉被，乘汽车、搭火车，千里迢迢来到武汉参加我的婚礼。六条厚厚的新棉被，在婚床上高高摞起来。大红的被面，上面印着凤穿牡丹、鸳鸯戏水，龙凤呈祥的图案洋溢着喜庆和祥和。

亲朋好友们都来围观，纷纷夸母亲心灵手巧，母亲骄傲地笑道："每一条都是我亲手缝的，整整缝了三天。自己种的棉花做的，暖和着呢！"说完望着我，慈祥的笑脸上洋溢着幸福。

我轻轻抚摸着棉被，一时热泪盈眶。这一针一线中，又缝进了母亲多少绵长的思念与期盼呢？

如今，母亲已离开我十余年了，那些大红的棉被我一直盖着。每到初冬，我都会把它们捧出来，在阳台上晾晒。看阳光照着它们，鲜艳的花开着，顿感岁月静好，现世安稳。

我知道，不管我和母亲隔着多少时空，倦了、累了，或是想她了，只要盖着母亲缝制的棉被，就一定能做一个悠长的、温暖的梦。

装满父爱的列车

　　父亲又坐着火车从老家来看我了！和他一起坐火车的，还有两个大蛇皮袋，不用猜，里面一定装满了家乡土特产。

　　父亲扛着行李，胸前还挂着一个包裹，步履蹒跚地走出站口。我和先生飞快跑过去接下父亲的行李，父亲用手胡乱抹了抹额上的汗，冲我们笑着说："终于送到了！"

　　坐车回家的路上，父亲不愿休息，忙不迭打开蛇皮袋子给我看。"这是今年的花生，昨天刚从地里刨出来的，快尝尝！"父亲用粗糙的大手捧着花生，送到我面前。顿时，空气中夹杂着家乡泥土的芬芳，沁入我的肺腑。我剥开品尝，粉红色的果仁，颗粒饱满、清甜脆香。我连说："好吃，今年这花生种得好。"父亲一听我夸他，竟羞红了脸，满是皱纹的脸笑成了绽放的大菊花。

　　父亲又如数家珍地说："这里头还有新榨的花生油、苞谷棒、咸鸭蛋……"最后，父亲从包里掏出几个大黄梨，是我家门口那棵梨树结的果。"今年梨结得多，结果被鸟吃了，糟蹋了不少，只留了这十几个，都给你带来了。你尝尝甜不甜？"我接过梨，用手胡乱抹了两下，迫不及待地咬一大口，清甜的汁水滑过喉咙，直甜到心里。父亲看着我贪吃的样子，满足地笑了。

我心疼父亲，便责怪道："超市都有卖的，不用带这么多，背着多重啊！"父亲忙笑着解释："不碍事，坐火车，方便着呢，你不是爱吃嘛！"我顿时热泪盈眶，调侃父亲："你怎么不把家都搬来？"父亲闻言，挠了挠头，憨笑起来。

自从我远嫁湖南，父亲总是在秋收后来看我。他凌晨三四点就起床，开始收拾行李，把家里能拿上的东西都往蛇皮袋子里装，还打电话问我想吃什么？我知晓父亲一定会带上大包小包的，在电话里特意嘱咐："不要带那么多东西，超市都有卖的。"他满口应下，结果还是把他认为最好的、我一定爱吃的，全都带上了。

父亲披星戴月，双肩扛着重如山的行李，步行半小时，到公路边搭汽车到市里，再乘七个多小时火车。最后，把自己辛勤耕耘几个月的劳动成果全送到我面前。

父亲只住了两三天，就急着要回老家。他惦记着家里养的鸡鸭，种的庄稼呢。

父亲依旧坐着来时的那列火车回家，临进站，他还不忘承诺我："种罢麦我还来啊，到时有红薯、粉丝、小米……"我知道，下次和父亲一起坐火车来的，还有沉甸甸的父爱。望着父亲的背影消失不见了，我站在凌晨四点的火车站，泪流满面。

火车开走了。这不是一列普通的列车。每年秋天，总会有一位满头白发的父亲，带着对女儿满满的爱，穿越无数个村镇，不远千里奔赴而来，只因列车的那头有他最爱的女儿。

母亲的戏曲人生

母亲一生痴迷戏曲，而中国戏曲所蕴含的传统文化，也滋养了她一生。

小时候，家里有一台老式的收音机，银灰色、方方正正的。从早到晚，它都热热闹闹地播放着戏曲。母亲一边听戏，一边干活儿，做饭、洗碗、喂猪、织毛衣……甚至下田干活儿，她也用小布袋把收音机背在身上，农活儿干得行云流水，戏词也唱得欢天喜地。

母亲常常边听戏边给我讲："戏如人生，戏里讲的都是我们这辈子的大道理，知识多着呢。"母亲虽然只读了几年书，但戏曲里蕴含着丰富的中华传统文化，都成了她为人处世、教育子女最生动的教材。

母亲听的戏曲中，有替父从军、英勇无畏的花木兰，也有保家卫国、敢爱敢恨的穆桂英，还有智勇双全的抗战烈士阿庆嫂、坚贞不屈的革命战士江姐……这一个个"巾帼不让须眉"的鲜活形象如春风雨露，浸润着母亲的心田，丰富着她的精神世界。

母亲不仅喜欢听戏，也喜欢看戏。我们虽然生活在偏远的农村，哪家有红白喜事，都会请戏班子唱戏，方圆十几里的人都赶去捧场。到了农闲季节赶庙会，也有戏班子搭台唱大戏。每逢此时，母亲就会早早地把家务活儿做完，家禽家畜安置好，打扮得清清爽爽带我们去看戏。

别人去看戏，都是看个热闹，母亲却是看门道。回来的路上，她总会眉飞色舞地给我们讲解今天这场戏，从演员造型、化妆到唱词韵律、节奏，俨然成了戏剧评论家。

父亲有时候调侃道："人家专业演员唱得不好，你能唱得好？"母亲则神采飞扬地应对："当然！如果我上台，照样唱得好。"父亲笑而不语，我却深信不疑。因为，有好几次，我从梦中醒来，看到母亲一个人在院子里练习唱戏。那时，夜凉如水，月色撩人，母亲的姿态优美，声音轻曼悠扬。那是一个和平日里完全不一样的母亲，月色在她周身镀上一层银白，闪闪发光。

有一次，戏班子到我村来唱戏，就住在我家。第二天下一点小雨，戏班子休息半天。班主是父亲的老相识，知道母亲喜欢唱戏，就想趁机帮母亲圆梦。化妆师开始给母亲装扮。扑粉、搽胭脂、画眉眼、涂口红、贴片子、束发、戴头面、插花每一道工序都细致入微，最后凤冠霞帔，穿戴整齐。

开场锣鼓一响，巾帼女英雄穆桂英闪亮登场了。母亲手中花枪一耍，雉鸡翎一甩，飒爽英姿，晃云手，开唱："辕门外那三声炮，如同雷震，天波府里走出我保国臣……"母亲唱腔圆润悦耳，眼波流转。无论是台步、云手、水袖、眼神，招招式式都散发出巾帼豪气。

这是属于母亲一个人的舞台。此时的她，不再是一个普通的农家妇女，而是保家卫国的女将军，痴爱戏曲半生的母亲，终于圆梦了。

台下的人越来越多，她们站在雨中默默无言，注视着舞台上光彩照人的母亲。我看到一旁的父亲激动得流下两行热泪。虽然没有相机，不能记录下此时此刻，但是，那天的一幕幕却永远镌刻在我记忆的相册里，熠熠生辉。

母亲在56岁时因病早逝，她下葬前一天，父亲特意请了戏班子到我家，热热闹闹唱了一天一夜，一生痴爱戏曲的母亲可以含笑九泉了。

母亲的一生都在追求并守护她的戏曲梦想，戏曲充盈了她的精神世界，又滋养、陪伴了她一生，而她的一生又何尝不是一出精彩的戏曲？

"母爱牌"热水袋

我是个特别怕冷的人，寒冷的冬夜里，被窝里放几个滚烫的热水袋捂着，才能安然入睡。但我一直觉得，再好的热水袋，都不及"母爱牌"热水袋温暖。

小时候，一到冬天，我就手脚冰凉。母亲为了给我保暖，想尽办法，可是效果都不佳。每天放学回到家，我的小手还是冻得红肿发胀，如同冻僵的红萝卜。母亲看在眼里疼在心里，连忙用温暖的大手捂着我的小手，低下头一个劲儿哈着热气，可我还是一边哭一边一个劲儿喊疼。母亲急了，一把拉过我的手，掀起她厚厚的衣服，把我的手放在她的肚皮上。一时间，母亲柔软的肚皮成了最舒服的"暖手袋"，我立马喜笑颜开，还天真地问母亲我的手凉不凉？母亲摸着我的头，笑着说："一点都不凉！你多放一会儿，手就暖和了。"

晚上睡觉的时候，母亲就早早上床给我暖被窝。一钻进被窝，哇，被窝里好暖和啊！我一个劲儿往母亲怀里钻，母亲总是温柔地笑着，"冰坨子一样，冰死我了！"说完，把我冰凉的小脚丫揣进怀里，放在肚子上暖。母亲的肚子就是个大大的热水袋，柔软、舒服又恒温。我听到外面北风呼啸，疯

狂地拍打着门窗，而我躺在母亲温暖的怀抱里，听着故事，酣然入梦，并期盼着天一直都不要亮。

后来，我上了初中、高中、大学，都要住校。每个寒冷的冬夜，我都会把几个滚烫的热水袋塞进被窝里取暖。但是，我还是怀念母亲的"肚皮热水袋"。只要一放假回家，母亲总要和我一起睡，我依旧习惯把我的手脚放在母亲温暖的"肚皮热水袋"上，一股股暖流就会在全身流淌。这样睡着，我总会做着最香甜的梦。

如今，寒冷的冬天来临时，我也会经常拉起五岁儿子的小手，毫不犹豫地握在手心，边揉搓边哈气，然后，放在我的肚子上取暖。晚上睡觉时，我就把儿子冰凉的小脚抱在怀里捂着。儿子总是调皮地说："妈妈的肚子像个热水袋，真暖和！"还嘻嘻哈哈地开玩笑："妈妈，你千万别把我融化了，哈哈哈……"这时，我又不由得想起了母亲。

我想，这世界上最温暖的地方就是母亲的怀抱。因为有了"母爱牌"热水袋，再寒冷的冬日，也是温暖、幸福的。

婆婆的腰鼓

在我家柜子里，珍藏着一副红艳亮丽的腰鼓，那是婆婆的最爱。

八年前，婆婆从老家进城给我们带孩子。婆婆勤劳能干，家里被她打理得井井有条。每天，我和老公一下班回家，就有热腾腾香喷喷的饭菜摆满桌。周末，我睡到日上三竿，醒来也可以吃到美味的早餐。门前的小菜园总是生机勃勃、瓜果飘香……有婆婆在的日子，我们成了世界上最幸福的人。

时间久了，婆婆也开始想家。一天下午，我看到婆婆一个人坐在阳台上，正翻看公公生前的照片，看着看着竟小声抽泣起来。我和老公都心疼婆婆，为了让她的生活充实起来，我俩一起说服婆婆加入了小区的"夕阳红"腰鼓队。

自从加入腰鼓队，婆婆的生活变得多姿多彩。她每天天不亮就去腰鼓队训练两个小时，然后再回来洗衣、做饭，打理小菜园。晚饭后，又去广场练习腰鼓。

刚开始，我们担心婆婆身体吃不消。没想到，十几天下来，她不仅容光焕发、精神抖擞，而且腰也不酸腿也不疼了，走起路来虎虎生风。做饭时，她还哼起歌来。我们看在眼里，心里也乐开了花。

"三八节"那天，是婆婆腰鼓队去区里表演的好日子。一大早，婆婆就穿上新买的腰鼓服，一身中国红，袖口、裤脚用彩线绣着精致的凤穿牡丹图案。婆婆盘好头，化好妆，腰鼓往腰间一系，瞧那浑身饱满的精气神儿，年轻不止十岁。我打趣婆婆："妈，你今天比新娘子都美！"婆婆立马羞红了脸，笑成了一朵明艳的菊花。

　　伴着《最美不过夕阳红》的乐曲，婆婆们的表演开始了！十五个腰鼓队队员排着整齐的队列，将红色腰鼓挎在腰间，双手持鼓槌，腰间彩带飘，个个英姿飒爽，巾帼不让须眉。"咚咚锵、咚咚锵；咚锵、咚咚、咚咚锵……"，伴着优美的旋律，她们挥舞鼓槌，动作整齐划一，鼓声欢快激昂，彩绸翻飞。让我不禁感叹道：最美不过夕阳红，温馨又从容！

　　"咔嚓、咔嚓……"我用相机记录下婆婆打腰鼓时最美的时刻。

　　岁月匆匆不留人。如今照片的主人已经离开我们三年了。我拿出婆婆的那副腰鼓，双手握紧鼓槌，"咚锵、咚咚锵……"，熟悉的鼓声又响起，声声敲打在我的心头。泪眼蒙眬中，我又看到婆婆身着红装，腰鼓敲得悦耳动听，笑得明媚如花……

　　睹物思人念更深。这一幕将永远装帧在我记忆的相册里，温暖我余生的岁月。

伯伯的记账本

伯伯是父亲的三哥，那时候家里太穷，温饱问题都解决不了，更别说娶亲。就这样错过了姻缘，一生未婚。可他却视我们姐弟三人如己出，把全部的爱都给予了我们。

伯伯有记账的习惯，他的记账本是他的宝贝。

我上初中的时候，父母靠几亩薄田已经支付不起我们的学费开支。伯伯就在农闲季节出去打工，为我们攒学费。

他最开始去了一家养鸡场，负责搬运饲料，每天计件算工资。伯伯没上几天学，大字也不识几个，连自己名字都写不好，但他记账有自己独特的方式。

月末一回家，他就让我帮他核对工资。看到他的"记账本"，我惊呆了。他是借老板儿子的铅笔，把账记在拆开的烟盒纸上，一天记一张。每张都有记号，按顺序粘好，一月三十天，厚厚的一沓。他解释道，背一包就划一根竖道，结工资时他数一下竖道就知道发多少工资。

看着密密麻麻的竖道，我哑然失笑，连夸伯伯聪明，他竟不好意思起来，挠挠头憨厚地笑。

最后，他把核算好的钱全给了母亲，说："这是这个月的工资，给娃们上学用吧！"母亲忙推辞："这我不能要，这都是你辛辛苦苦挣的，你自己留着用。"他佯装生气，把钱丢在地上，扭头就走。我追上他，拉着他粗糙皲裂的大手说："伯，你别生气啊，我一定好好读书，将来孝敬您！"他竟然眼含热泪，嘴唇哆嗦了好几下，激动得说不出一句话。

我上高中时，两个弟弟也上了初中，家庭负担更重了。伯伯就跟着村里人天南海北去打工，他在北京的建筑队，筛沙、和水泥、搬砖；在湖北的农场种果树，还去过福建当超市理货员……只要能挣钱，什么脏活累活儿都干。

每次回家，伯伯还是让我帮他算账。这时他的记账本是我用剩下的作业本。在我的指导下，他已经会记数字了。我翻看记账本，每日的开支记得清晰明了，比如：25号，工资50元、吃饭5元、烟2.5元。每次核对完，他还是把工资交给母亲，给我们交学费、买生活用品。

我考上大学时，需要一大笔学费。伯伯在福建打工，听说我考上了大学，他在电话里激动得流泪："妮儿，有出息了！是大学生了！"然后，他又对父亲说："钱的事，不用发愁，等几天我就发工资了。"过了几天，他就托人汇了2000元给父亲，我才顺利入了大学。

后来，我们姐弟靠着父母种地和伯伯资助，终于读完了大学。

今年春节回家，我帮他收拾房间，看到一个锈迹斑斑的铁皮盒子，打开一看，竟是他这么多年的记账本。我一页页仔细地翻看，不禁潸然泪下。

外公的葵花地

小时候，外公把我宠到"无法无天"的地步了。

我说，我要吃葵花籽。外公就在屋后的空地上开辟出一片地来种葵花。

晨光熹微，布谷鸟清脆悠远的声音，划破村庄的寂静。阳光金子般洒落一地，外公脱去外套，撸起袖子，开始刨地。他一锄头一锄头，把地翻了个底朝天，再用耙子一下下地耙平，把杂草、小石块都拣出来，大的土块也用粗糙的大手碾碎。空气中弥漫着新翻泥土的芳香。我赤着脚丫在泥土上跑来跳去，捡蚯蚓玩。泥土湿润润、软绵绵的，如同踩在海绵上一样舒服。刚刚平整好的土地上留下我快乐而凌乱的小脚印。外公坐在地头，悠悠然抽着旱烟，一呼一吸间，烟气袅袅。我在闹，他却在笑，丝毫不怪我糟蹋了他的劳动成果。

地平整好了，开始播种了。外公用锄头把土地划出笔直的一垄一垄出来。之后，他用小锄头刨一个窝后，捏一颗瓜子，尖头朝下插入泥土。我紧跟其后，用小脚丫埋土。我们祖孙俩配合默契，行云流水般播种。这多像我在田字格本上抄诗啊！我就问："外公，我们是不是也在地上写诗啊？"外公笑我傻："外公大字不识一个，哪会写诗啊！"土埋好了，我又抢着浇水，完全没有分寸的，用力过猛，葵花籽都被水冲出来了，害得外公又要重新种一遍。祖父怪我帮倒忙，不让我浇水，让我去玩。我根本不听，耍起赖来，拿着水瓢往天上泼水，看到泼洒下的水珠在阳光下折射出五彩斑斓的光圈，就大声喊叫："彩虹出来了，彩虹出来了！"

希望的种子播下了，我又天天盼着它生根发芽。等待的日子总是漫长的，我天天偷偷跑去，扒开泥土，看看里面的瓜子发芽没有。外公总是笑我："心急吃不了热豆腐，慢慢等几天就发芽了。"果然，四五天后，黄绿色稚嫩的小脑袋探出头来，睁着新奇的大眼睛，懵懂地打量着这个新鲜的世界。

夏天来了，蝉鸣声声入耳。葵花地旁边的菜地，一片生机盎然。南瓜长长的蔓，爬呀爬，每一根都做着追寻远方的梦。丝瓜、黄瓜趴在高高的架子上，吹着黄色的小喇叭，正笑得明媚。葵花自然不甘示弱。它们茎秆粗壮、结实，叶子肥大翠绿，笔直挺立着，精神饱满，高高昂起脑袋，迎着金色的阳光，笑得热烈而灿烂。葵花很高，我一走进去就被淹没在金色的海洋里。我喜欢躲在葵花地里，踮着脚尖，一棵接着一棵，数着葵花金色的花瓣，一排排、一层层，明亮得晃眼睛，数着数着就忘记了。我还喜欢看一只只肥嘟嘟的蜜蜂，一头扎进花簇里，撅着屁股忙个不停。直到听到外公唤我的乳名，喊我吃饭，我才从葵花丛里钻出来。葵花茎叶上有毛刺，扎在身上痒痛。外公看到我红肿的手臂，免不了心疼，嗔怪我几句，我只是嘻嘻地笑着撒娇。

葵花成熟了，外公提着荆筐去采摘。他用两只大手握住大葵花盘，左右一扭就轻而易举摘下一个。成熟的葵花盘，比我的脸还大上一圈，蜂窝一般，密密麻麻，整齐排列着饱满的葵花籽。外公忙着收获，我就站在地边，抱着硕大的葵花盘，忙着吃个不停，白胖的瓜子仁，入口鲜嫩甜香。

葵花收摘完，被外公放在大大的竹匾上暴晒。瓜子晒干，外公在铁锅里放入干净的细沙，文火翻炒，香气四溢。从此，我的口袋里总是装满了香喷喷的葵花籽，从秋天一直吃到冬天。

多少年过去了，宠我如至宝的外公早已离开了我。但是我的梦里总是会出现那片葵花地，明晃晃的阳光、金灿灿的葵花，还有外公温暖的笑脸。那里是我无忧无虑的童年乐园。

爱是一碗小米粥

《舌尖上的中国》里有句话："中国人对食物的感情多半是思乡，是怀旧，是留恋童年的味道。"

小时候，我体弱多病，吃药伤了胃，天一凉就犯胃病，大口大口吐酸水。母亲就天天给我熬小米粥养胃。虽然在南方生活二十余年，可最爱的早餐还是一碗小米粥。

母亲熬小米粥特别讲究。她先往灶膛里添足柴火，用大火把粥煮得翻滚沸腾，然后就撤掉些柴火，用文火慢慢熬。同时，用勺子朝一个方向，一遍又一遍地搅动。她说，这样熬出的小米粥，更加黏稠，味道更清香。心急的我总是一遍遍问母亲好了没有，母亲却不慌不忙，笑着说："熬粥急不得，要慢慢熬，粥才会越熬越香。"

这时，只见锅里金黄色的米粒自由翻飞，发出咕噜咕噜的声音，如同美妙的音乐，听得人心花怒放。

粥熬好了，一家人围坐在桌前，捧着刚出锅的小米粥，米香四溢，令人陶醉。粥太烫，要慢慢喝，我先小心翼翼地啜一小口，再转下碗沿，鼓着腮帮子吹几口气，再吸溜一小口。就这样，几圈下来，一碗粥就底朝天了。我觉得还不过瘾，又喝了一碗。母亲看我喝得肚圆滚滚，才心满意足地收碗。

后来，我上初中，在镇上住校。有一次，我在学校吃了生冷食物，胃病又犯了。每天天不亮，母亲就在家把小米粥熬好，装在不锈钢饭盒里，走八九里路，把粥送到学校来。等我上完早自习，她已经在门卫室等候多时，看到我，迫不及待地从怀里的布包里掏出饭盒，打开盖子，小米粥还冒着热气呢。我喝着带有母亲体温的热粥，一股暖流从胃里，慢慢升腾，一下下温暖了全身，泪竟无声落下。就这样，喝了母亲送的小米粥，不到两周，我的胃病便好了。

母亲的小米粥是生命中必需的养分，滋养着我成长，我永远也喝不够。

后来，我也做了母亲，每个寒冷的冬天，我也会为我的孩子熬小米粥，我也会想尽办法，希望他们吃得更健康一些。我像母亲当年熬粥一样，耐心守着砂锅，一点点搅拌，慢慢熬，等热气慢慢升腾，任米香芬芳馥郁。这时，终于体会到了母亲当年的辛苦与不易。

我想，母亲对我的爱，如一碗小米粥，而我对孩子的爱亦如此。这爱也定能一代代延续下去，漫长而悠远。

一罐泡菜萝卜的温暖

　　新搬的家在菜市场附近。小区门口的街道两旁摆满了卖菜的小摊，卖菜的都是乡里老人，他们天不亮就占好摊位，卖自家种的蔬菜。

　　早晨，我像往常一样去买菜，逛到街的尽头，正准备回家时，注意到有位老婆婆与别的摊主不同。她看上去七八十岁，身形瘦小，穿着藏青色布褂。花白的头发，梳着精致的发髻，岁月的痕迹留在她古铜色的脸庞上。别的卖菜老人，看到路人，都会卖力吆喝。只有她，安静地端坐在摊位后，不主动招揽顾客。这让我对她顿生好奇之心。

　　老婆婆看到我来到她的菜摊前，笑眯眯地起身打招呼。她卖的蔬菜摆放在干净的塑料餐布上，码得整整齐齐，水嫩的青菜被精心去掉了根和黄叶，用稻草绳扎好。黄瓜一根根带着嫩刺儿、油绿的四季豆、火红的长尖椒……看上去新鲜水灵，还带着清晨潮湿泥土的清香。看到这些，我更是舍不得离开她的摊位。

　　我挑选了两把青菜、三根黄瓜和两斤四季豆。称好后，老婆婆多塞给我一把青菜和几个辣椒说："菜都是我自己种的，吃得好了再来，谢谢啊！"一大袋蔬菜才9元钱！我扫二维码付了款。她的微信昵称是张妈，所以后来，每次见到她，我都喊她"张妈"。

我满心欢喜地离开，想着以后再也不用为在哪里买菜发愁了，也不用为应付各个摊主的热情而尴尬了。

每天早晨，我把儿子送去幼儿园，直奔张妈的菜摊，挑几样新鲜的菜，再随便聊聊家常。

中秋节那天，我特意多买了几块米糕，送给张妈吃。她没有推脱，欣然接受了。

第二天，我再去张妈那里买菜，感觉分量比以前多了。我了然于心，她是在不动声色地回报我的善意呢。

一日早晨，张妈见我买了一份泡菜萝卜，就问："你喜欢吃这个吗？"我应诺："是啊，我婆婆生前特别爱做。现在吃不到了。"她忙说："我会做，等做好了，给你带一罐。"我随口应了，隔天也就忘了。

单位放假，我回老家了几天，一直没去买菜。再经过张妈菜摊时，她老远就笑吟吟地迎上来，迫不及待递给我一个布包。我打开一看，竟是满满一大玻璃罐泡菜萝卜！白萝卜片、红辣椒，浸在澄亮的粉红色泡菜汁里，晶莹剔透，看得我直流口水。我要拿钱给她，她连忙抓住我的手，佯装生气："你这丫头，我还总吃你的米糕呢！这是我亲手做的，送给你，不要钱。"

我捧着这一罐精心腌制的泡菜萝卜，一时间竟泪眼婆娑。这哪里是泡菜萝卜，分明是张妈一颗沉甸甸的心啊！我给她带一元钱的米糕，在我看来，只是微不足道的小事，她却一直念着我的好。我的心顿时盈满了温暖与感动。

人与人之间的距离，往往因为这小小的善意彼此慢慢靠近。这罐盛满善意的泡菜萝卜，足可以抵挡岁月漫长，温暖我的三餐四季。

那年国旗迎风飘

时光荏苒，我至今都清晰地记得，三十多年前，我第一次升国旗的情景。那是我今生都无法磨灭的红色记忆。

那年我七岁，开始在村里的小学上一年级。说是学校，实际上就是一大间草房子，土坯墙，麦秸屋顶。学校里，两个年级一共10个学生，只有一个老师——张老师。他二十岁时就开始在村里学校教书，风风雨雨守护了这里几十年，成了村民心中永远的丰碑。

第一节上语文课，张老师教我们学习《我爱中华人民共和国》这一课。他声音洪亮地说："我们是中国人，我们的国家叫中华人民共和国，我们的国旗是五星红旗。我爱我们的祖国！"

这是我人生的第一课，也是我一生的必修课。

下课了，我们指着语文书上的插图问张老师："老师，我们为什么不升国旗啊？我们也要升国旗！"看着我们期盼的眼神，张老师目光坚定地许诺："我们一定会升国旗的。"

过几天，张老师去县里开会。下午回来时，他带给我们一个神秘礼物——一面鲜艳的五星红旗！我们洗干净小手，轻轻抚摸着神圣的五星红旗，一遍又一遍，激动得热泪盈眶。后来，我们才知道，这是张老师花了两个月的工资，才从书店买回来的。

有了国旗，张老师就开始想办法做旗杆了。他从树林里砍一根竹子，用镰刀细细地削掉竹枝和竹叶，再用钢锯锯一段下来，最后，把国旗左端套在竹竿上。学校东南角正好有一棵胳膊粗细的杨树。张老师就爬上树，用斧头一下一下地砍掉多余的枝叶，杨树就变成了一根高大的旗杆！

国庆节那天是我们第一次升旗的好日子。一大早，张老师就沐浴着晨曦，在旗杆下等着我们。上午八点，张老师小心翼翼地爬上杨树旗杆，把套着国旗的竹竿用粗绳子紧紧拴好。接着，张老师带着我们10个学生，整整齐齐地站在旗杆前。我们抬头仰望着鲜艳的五星红旗，恭恭敬敬地朝国旗行少先队员队礼，然后高唱国歌："起来，不愿做奴隶的人们……前进！进！"那时，我心中感到无比的庄严和自豪，激动的泪水竟无声落下。

鲜艳的五星红旗在猎猎秋风中飘扬，如同一团火焰，在祖国的蓝天下尽情燃烧。那一刻，在豫西南的一个小山村，10个孩子的心里，爱国的种子正慢慢生根、发芽，然后不断长成参天大树。

在张老师的影响下，我大学毕业后，也成了一名人民教师。三十年过去了，每一年国庆节，我都会给我的学生讲张老师，讲我七岁那年第一次升国旗的故事。

爱国情怀是一种执着的坚守，更是一种伟大的信仰，必将代代相传、生生不息。

温暖岁月的旧书店

儿时的我，对书有一种莫名的痴爱和渴求。就如同高尔基说："我扑在书上，就像饥饿的人扑在面包上一样。"只要是纸上印了字的，无论什么，我都会迫不及待捧在手里反复研读。

那时农村经济条件差，温饱尚且难保，更不用说买书了。于是我挖空心思搜书看，却时时面临"青黄不接"的饥饿困境。

离家十里的镇上，有一家全镇唯一的新华书店。

母亲隔几天就会把家里种的蔬菜拿到镇上去卖，换些生活必需品。那天，母亲答应我，周六去镇上时带我去看书。

第二天，天刚蒙蒙亮，我便早早唤母亲起床，我们走了一个多小时赶到镇上时，书店才刚刚开门。

新华书店有点破旧，仅有一间狭窄的屋子，摆放着两三架书和杂志，但对我来说就如同知识的海洋。我一头扎进去，如一尾鱼儿在书架间游弋。我摩挲着每一本书，视若珍宝；同时，贪婪地吮吸着墨香，一时间幸福感盈满心房。

母亲对店主说："大叔，让孩子在这里看会儿书，我去集上卖完菜就回来接她。"店主是个六七十岁的老人，须发花白，慈眉善目，他微笑着点头："好，你放心去吧，我帮你看着呢。"

我靠着书架，席地而坐。《少年文艺》《故事大王》《三毛流浪记》……书里的故事如磁铁般深深吸引着我，我沉浸在书的世界里，忘却了自己和时间。

不知什么时候，母亲唤我回家了，我才回过神来，一步三回头地被母亲扯着回家了。回家的路上，我眉飞色舞给母亲讲我看到的故事，母亲听得入了迷。

此后，每个周六，我便跟着母亲去镇上看书。母亲依旧把我放在书店看书，她去卖菜。慢慢地，我发现她离开的时间越来越久。每次晚归，母亲都满脸歉意地说："不好意思啊，菜不好卖。"老人也从未说什么，只是笑着说没关系。

有一天，外面突然下起了大雨，而我沉浸书中，全然不知。老人拍拍我的肩膀，轻声说："去把你妈叫进来吧，外面雨大。"我连忙跑出门，看到母亲蜷缩在屋檐下，衣服打湿了，正瑟瑟发抖。

老人见我把母亲拉进屋里，忙递上一条干毛巾说："别感冒了。"然后，他边擦桌子边漫不经心地说："以后，卖完东西就到屋里来坐吧，下午人少，我一个人太闷，老想打瞌睡，你陪我聊聊天。"母亲一怔，随即眼圈一红，连连点头。

后来，母亲每次带我来看书，就会带些东西给老人，有时是自己纳的千层底布鞋，有时是自己种的蔬菜瓜果。老人也不推辞就收了。而后，老人总会拿一两本破损的书送给我，满不在乎地说："卖不出去了，别浪费了，给孩子看吧。"

整个小学生涯，这里成了我阅读的圣地。

我到镇上读初中了，开学那天，我又来到那家书店。但是店主已换成了一个陌生人，他说老人生病回家休息了。他问了我的姓名，然后把三本《平凡的世界》给我，说是老人留给我的。我忙打开，看到扉页上有一行字：平凡，但不要平庸。刹那间，我红了眼眶。

此去经年，我再也没有见过那位老人。

那些泛黄的旧书一直珍藏在我的书柜里。闲暇时，我总会拿出来翻看，想起那家旧书店，想起那位老人。他的善良如灯光，照亮了我的整个童年，也温暖了我余生的岁月。

柳影婆娑忆童年

　　小时候，老家屋后有一条小河，河边种着一棵老柳树，那里是我童年的乐园。

　　古老的柳树伫立在河边，微微倾斜着粗壮的身子，每日对着清清的河水照镜子。它有着沟壑纵横的黑褐色躯干，树根经洪水多年冲刷，露出瘦骨嶙峋的根须，如同外公长长的胡须。千万根枝条垂下来，靠近河边的一面，一条条探进水里，泛起串串涟漪。远远看去，像一位饱经风霜的老人正伫立在河边垂钓。

　　二月春风暖，柳树吐新芽。我和小伙伴们一放学，把书包往地上一扔，哧溜哧溜爬上树，折下几根柳枝，用柳枝做柳笛。大孩子们有经验，率先做出柳笛，骄傲地鼓着腮帮子，把柳笛吹得呜里哇啦响。我急得直跺脚，就求助外公。外公做的柳笛不仅外形美观而且音色动人。他选粗细均匀的柳条，用小刀截成小截，轻轻一拧，取出柳骨，留下柳皮，用长指甲在一端刮掉一点青皮，柳笛就做好了。我含在嘴里，运足气，鼓圆腮帮一吹，悦耳动听的笛声便响起。大家都不甘示弱，一时间，粗粗细细、高高低低的柳笛声，便飘荡在乡间的每一个角落，满世界都溢满了孩童的欢乐。

　　柳树下，最热闹的时候还是夏天。一到放暑假，全村的孩子都可以肆意地撒欢儿了。

烈日炙烤着大地，金色的光斑在摇曳的柳叶间闪动。我们折下几根柳条，把柳条弯曲成圈，首尾交错，缠绕在一起，做成柳帽戴在头上，挡住炎炎夏日。我们鸭子般扑通扑通跳进河里，用网子摸鱼、捉虾、摸河螺。如果幸运，还能在水草里摸到淡青色的鸭蛋呢。

老柳树是一个神奇的世界。它不仅是我们的乐园，也是小动物的家园。

树顶上有一个草帽样的鸟窝，我时常看见一只大鸟飞来飞去，也能听到稚嫩的呼唤声。后来，总见鸟妈妈带着几只小鸟，在树枝间穿梭、跳跃，窃窃私语，捉虫子吃。

有时，我会在柳树上捉几只蚂蚁，放在柳叶小舟上，让它们顺河漂流，幻想着船儿能载着我少年的梦，去很远很远的地方。

最好玩的是捉天牛。中午，一场大雨后，总能看见柳树上爬着几只身披铠甲的家伙，这就是树的天敌——天牛。它们黑亮的躯壳上点缀着白色的斑点，脖颈上戴着坚硬的围脖，扁扁的脑袋上有两根又细又长的触角，像黑白相间的竹节长鞭。它的牙齿巨大，一不小心就会被咬到。

外公不着急捉天牛，他先用高粱秆儿做天牛拉车。外公做的牛拉车就是缩小版的架子车，精致美观。不仅有车轮、车架、车板，还有细绳编的拉车笼头。天牛车做好后，外公就去老柳树上捉天牛。他用拇指和食指紧紧捏住天牛的脖颈，天牛拼命地挥动着六只脚和长触角，却挣脱不得。外公把天牛放在水泥桌上，用笼头套在天牛的脖颈上，让它拉着车子跑。我们围着天牛喊声震天："快跑！快跑！向左！向右……"笨拙的天牛被我们吵得晕头转向，我们则笑得前仰后合。

光阴匆匆过，宠我的外公已仙逝多年，小河早已干涸，老柳树也不复存在了。但柳影婆娑的那段日子，却是我人生中最美好的时光，那是我再也回不去的金色童年。

橘香幽幽寄深情

霜降那天，上海的闺密在朋友圈写道：一年好景君须记，最是橙黄橘绿时。怀念来自千里之外蜜橘的甜和暖。配图是我去年寄的一箱蜜橘。我哑然失笑，这小妮子，又馋我家的蜜橘了。我立马回复：安排！

在我家乡，中国柑橘之乡石门。家家户户都有大片大片的柑橘园。从金秋十月开始，空气里弥漫的都是柑橘甜甜的香味。

周末，秋阳泼洒一地。我们一家人拎筐提篮，浩浩荡荡开进橘园。抬头望，整座山林柑橘树成排成行，蓊蓊郁郁、层层叠叠，青枝绿叶间，金黄的柑橘红光灿灿耀人眼目。走近一瞧，橘子盈盈满枝，橙黄透亮，你挨我挤，如一个个调皮的胖娃娃，躲在绿叶间探头探脑。秋风送来阵阵橘香，让人陶醉。

我们一哄而上，开始热热闹闹地摘橘子。我看着泛着金光的柑橘在微风中摇曳，迫不及待摘了一个，滚圆饱满的蜜橘，皮又薄又亮，手指轻轻一挖，三五下便剥下橘皮。顿时，芳香的水雾扑面而来。我看着掌心躺着如月牙般的小小橘瓣儿，红得发亮的橘肉，再仔细地一点一点撕下网纱一样的白橘络，取下一瓣放到嘴里，温润的橘汁便如清泉般在唇齿间翻滚、流淌，顿时，满嘴都荡漾着甜甜的味道。

此情此景，我不由得想起苏轼的词："香雾噀人惊半破，清泉流齿怯初尝。吴姬三日手犹香。"剥橘、吃橘，香雾喷溅，汁水流淌。动静之间，色香味俱全！我忍不住闻闻双手，真的橘香悠长，看来苏子说这橘皮"余香三日不绝"，真的毫不夸张！

夕阳西沉时，我们抬着几筐橘子满载而归。

晚上，我挑选出滚圆饱满，橙黄发亮的优质橘子，一个个精心套上白色网膜，再一层层整整齐齐地摆放好，装满箱子，工工整整写下地址。我开始数数：河南老家两箱、舅妈表姐两箱、北京两箱、上海两箱……这时，上初中的女儿走过来，搂着我的肩，笑盈盈地说："妈妈，这肯定是世界上最甜的橘子。""为什么这么说呢？"我迷惑不解。"因为它们是妈妈亲自采摘、亲自挑选、亲自装箱，每一颗都带着妈妈的温度和浓浓的爱。"我看着女儿灿烂如花的笑靥，捶了捶酸软的腰背，舒心地笑了。

我望着一箱箱橘子，一时间感慨万千。

这每一颗橙黄饱满，散发着诱人香味的橘子，让相隔千山万水的我们，忘却了时空的距离。它们虽并非名贵之物，却藏着我细碎而无声的爱。我寄出的，其实是一份份沉甸甸的期盼、祝福和牵念。

我想：在千里之外的亲朋好友，吃到橘子的那一刻，奔忙劳碌中焦躁的心灵一定会得到片刻滋养和抚慰。我更希冀这一份份蕴含在橘子里的绵绵真情，会馨香恒远、历久弥新。

一树红枣染秋韵

"七月枣，八月梨，九月柿子红了皮"。秋风起，枣儿红。又到了吃枣子的好时节。

儿时的记忆里，最美的秋色就是外公院子里的一树红枣。

外公的院子里的那棵老枣树，粗壮苍劲，树冠如盖。它弯腰弓背，旁逸斜出，树皮皲裂剥落、沟壑纵横，如同一位饱经风霜的时间老人，朝朝暮暮，诉说着岁月的沧桑。

春来百花艳。老枣树光秃秃的树干，沐着春风，吸着春雨。院子里的桃花、梨花、杏花都谢了，它却屹然不动，迟迟未发。待到阳春四月，老枣树才不紧不慢吐出嫩芽，一树新芽沐浴在金色的阳光里，黄绿透亮，如同新生的婴孩般娇嫩可人。

"枣花开，割大麦；楝花开，割小麦"。乡村五月，田野里遍地金黄，麦浪翻滚，像滚落了一地的金子。布谷鸟声声吹着短笛鸣，枣花就开了。

枣花有米粒大小，黄绿色，精美的五片花瓣小纽扣般，密密匝匝点缀在绿叶间，又如同夏夜的繁星，晶亮的小眼睛眨啊眨。枣花开时，整个小院都浸染在枣花馥郁的芳香蜜罐里。成群结队的蜜蜂闻香而来，嘤嘤嗡嗡奏着乐曲,一头扎进花丛中,忙着酿制最甜的枣花蜜呢!

枣花开时靡靡,落时簌簌。外公和父亲蹲在院里的水井边,霍霍磨镰刀准备割麦子,枣花就星星点点地飘洒下来,飘落了他们满头、满身,飘得地上也青绿一片。此时的老槐树和树下的人,便成了一幅朴实无华的乡村风情画。此情此景,想起苏东坡的诗:"簌簌衣巾落枣花,村南村北响缲车。"大概就是这种美好意境吧。

待到"绿树荫浓夏日长",青青枣儿如宝石般缀满枝头,在浓密的枝叶间摇摇曳曳。嘴馋的我们总是望枣兴叹,天天追着外公问:"枣子什么时候红啊?"外公蹲在老枣树下,慢悠悠地抽着旱烟袋,吐出一口白烟,笑道:"快了,快了,'七月十五枣红圈,八月十五枣落杆'。七月半就可以吃了。"我心想:外公和这棵老枣树一样,真是个慢性子——急人啊!

终于盼到了乡间七八月,家乡枣园里的枣子成熟了。一树青青的枣儿,被款款秋风一浪浪吹着,不经意间就涨红了脸庞,如同翡翠屏上缀满了一串串红玛瑙,随风摇曳生姿。远远望去,一树红彤彤的枣子掩映着红墙青瓦,就是秋日里最迷人的一幅国画,喜庆而祥和。

打枣绝对是童年一大乐事,也是仲秋时节乡村最动人的丰收景象。

打枣了!左舍右邻提篮拎袋,热热闹闹地围着老枣树。母亲在老枣树下铺好一张张大的苇席,外公穿戴一新,手持一根长长的竹竿,雄赳赳、气昂昂,闪亮登场了。我激动得心怦怦乱跳。外公高举竹竿,朝着枣树浓密的枝叶间,哗啦哗啦地敲打起来,枣儿便噼里啪啦地落下来,如同下了一场场青青红红的枣子雨。大人小孩便一哄而上,埋头捡起枣子来。一眨眼工夫,装满了篮筐,连口袋里都是鼓囊囊的,边吃边夸:"今年的枣子真好,又脆又甜。"外公也不吃枣,站在老枣树下,静静地看着我们,脸上荡漾着幸福满足的笑。

上学后,读杜甫的《百忧集行》:"忆年十五心尚孩,健如黄犊走复来。

庭前八月梨枣熟，一日上树能千回。"这是他怀念儿时打枣的一首诗。杜甫年少时，真是无忧无虑啊！梨枣成熟之时，他屡屡上树摘枣吃，一日上千回。我不由想起儿时打枣的情景，内心便盈满了幸福和甜蜜。

"秋来红枣压枝繁，堆向君家白玉盘"。又到了红枣染秋韵的季节。我站在明媚的秋日里，遥望着老家的方向，又看到了儿时那一树红彤彤的枣子，还有老枣树下打枣的外公，笑得那么舒畅，岁月静好⋯⋯

花盆里的乡愁

阳台上有一个古色古香的陶瓷大花盆。去年初春，我埋下三四棵郁金香。一个月后，郁金香谢了，花盆也就被搁置了。因无花可赏，它也就淡出了我的视线。

一人闲适，我巡视阳台，视线扫过花盆，只一眼，便再没移步。花盆里竟然长满了酢浆草，心形的嫩叶，挨挨挤挤，铺满了花盆，一朵朵明黄的小花，捧着纤细的花蕊，正昂着小脸，笑得明艳呢！这不是我小时候常吃的酸不溜吗？我像儿时一样，捋一簇叶子塞进嘴里，顿时，熟悉的酸味盈满口腔，眼睛挤成一团，嘴巴却嚼个不停。我又轻轻捏了一下那绿棒槌样的蒴果，"砰"一下炸开，种子飞溅而出，落在我的手心。乳白色的种子，圆润饱满、晶莹剔透，静静躺在我的手心。一时间，我如同托着我的整个童年，喜极而泣。

更为惊喜的还在后面。我竟然在花盆边缘，又发现了一个老朋友——莎草。它舒展着颀长的腰肢，在明媚的春光里，冲我熟络地打招呼："嗨，好久不见！"我温柔摸了摸它头上的小穗，萌萌的，憨态可掬。小时候，我给它取了一个好听的名字叫"状元花"，因为它很像戏台上状元帽两边高插的羽翎帽翅。我总是和母亲一起到菜地里拔莎草。它的生命力太顽强，要连根拔起，稍不留神，留一点儿根，只要一两天，它又会冒出嫩芽来向我们示威。大人们对它们霸占庄稼底地盘的行为深恶痛绝。而我们小孩子却把它当作玩伴，拔了它的穗子，编小狗玩；扯开它的三棱茎，拉扯着比赛；还把它头状穗茎插在头上，扮成状元，颇有"一日看尽长安花"的意味。

我扯住一根莎草的茎，俯身细嗅，久违的独特草香扑鼻而来，顿时内心里竟幸福雀跃起来。

从那天起，我就一直固执地认为，这些种子都是从故乡的土地上，长途跋涉、辗转周折，来到我的花盆里的，我视如珍宝。

自从发现了这些小家伙，我总会时不时地跑到阳台看望它们。有时去摸摸它们的头，唤着它们的小名，笑着冲它们道声早安；有时朝它们吹一口气，看它们在晨光里起舞弄清影；还有时又朝它们喷射一口清水，看它们含露带雨娇羞的俏模样，心里欢喜不已。

时光呀滴滴答答，走过炎夏，走向金秋。酢浆草早已枯黄了，莎草也茎叶干瘪，落下草籽，匍匐下身子趴在花盆里憩息。

隆冬时节，正当我望着一盆枯草怅然若失之时，另一个老朋友荠菜，竟也闪亮登场了。我每天又不停地忙着去照顾那一盆野菜了。

早春二月，乍暖还寒时，肥嫩的荠菜竟可以挖上一碗，精心地做了荠菜煎饼。我坐在冬日暖阳里，细细品味着荠菜煎饼，想起了故乡，想起了童年，想起了母亲，想起了儿时的玩伴……

或许，这个小小的花盆，就是我缩小版的故乡。里面盛着故乡的土，生长出故乡的野草野菜，慰藉了我一颗思乡的心。

春意融融鸡崽鸣

清明前，我们一家人去山上祭祖，路上正逢一个农人挑着担子。竹编的鸡笼里面挤满了鹅黄色的小生灵，正探出圆圆的小脑袋，好奇地张望着呢。

我赶紧叫停农人，他放下担子，停在一棵大树下，打开折叠的纸箱子，用粗糙的大手把小鸡崽抄到箱子里。一只只毛茸茸的小黄球，挨挨挤挤，两只细嫩的小腿支撑着肥嘟嘟的身子，圆滚滚的小脑袋争着抢着昂得高高的，黑漆漆的小眼睛充满了好奇和胆怯，尖尖的小嘴巴一张一合，叽叽叽叽……发出稚嫩、醉人的叫声，煞是喜人。六岁的儿子兴奋地大喊大叫："小鸡，小鸡……"这是他长这么大，初次见到图片里认识了几年的"老朋友"——一个活生生的小生灵。该是多么惊喜的事情啊！

一只毛茸茸的小生灵被儿子托在手心，好奇而惊喜之情溢于言表。两双纯净而清澈的双眸，遥遥相望，定格成春日里最鲜活的画面。

此情此景，我的心融化成一潭春水，刹那间，时空交错，我回到了记忆中的童年时光。

小时候，我家的几只老母鸡，一到春天就情绪异常，烦躁不安，整日蹲在鸡窝里，霸占着鸡窝，不吃不喝，也不下蛋，叽叽咕咕地怪叫个不停。母亲去捉一只出来，它全身羽毛炸开，还凶狠地啄母亲的手，一副神圣不可侵犯的样子。母亲不恼，反而笑着说："母鸡抱窝了，该孵小鸡了。"

母亲在偏屋里，开始布置"育儿室"了。她准备一个大竹匾，铺上厚厚的麦秸，再铺上柔软的棉褥子，舒舒服服的"育儿床"准备好了。

晚上，母亲让我帮她选受精蛋。她一手拿鸡蛋，一手拿着手电筒照，让我看看有没有红点和蜘蛛网一样的网丝，那就是受精蛋，可以孵出小鸡。我们精心挑选出20只蛋，我用红墨水，给它们编上号，整整齐齐地放在"育儿床"上。

母亲挑选了一只肥壮的大芦花鸡做"抱鸡婆"。其他几只抱窝母鸡，被母亲放在大水盆里洗了个凉水澡，成了落汤鸡，然后又用红布条拴住一只脚，吊在院子里的大树上。我见它们耷拉着脑袋，一副受气包的样子，心一下子软了，跑过去摸摸它们的头，安慰道："你们别急啊，明年就轮到你们了。"听罢，母亲咯咯笑个不停，也摸摸我的头："傻孩子，别担心，等几天它们又活蹦乱跳了。"

母亲在日历上挑好吉利的"破日"，就开始孵小鸡了。鸡妈妈被鸡罩罩在"育儿床"上，老老实实地蹲着，张开翅膀，把鸡蛋全护在它的腹下，全心全意地孵化"胎儿"，还时不时低头看看，咕咕地低语几声，像极了一个孕育生命的母亲，在给腹中的宝贝做胎教。每天，母亲都会在固定时间，把鸡妈妈放出来活动，让它排泄、吃食、饮水。完毕，鸡妈妈又迫不及待地回到"育儿床"上，开始继续孵蛋，真是一个称职的好妈妈！

我每天一放学，把书包一甩，就蹑手蹑脚地走到偏屋，隔着门缝，看到鸡妈妈正抬起翅膀，小心翼翼用爪子翻动身下的蛋。我吓得大气不敢出，半天才心满意足地溜走了。

孵小鸡的第11天，母亲开始"过蛋"。她打一盆温水，把孵化的蛋一个个放进水里，如果鸡蛋在水中漂浮，晃晃悠悠地游泳，证明孵化成功。母亲就欢欢喜喜地捞出来，用毛巾擦干，继续放在"育儿床"上孵化，而那几只沉到水底的就是"坏"蛋，不能孵出小鸡，被无情地淘汰了。

终于盼到了小鸡出壳的日子。天还未亮，我就早早爬起来，蹲在"育儿床"旁，目不转睛地盯着那些蛋。只见一只蛋在慢慢蠕动，一只小嘴巴啄破了蛋壳，开了一扇小窗户，窗户越来越大，先挤出一个小脑袋，接着用力地挣扎，却怎么也出不来。我看着它痛苦的样子，忍不住想伸手帮忙，被母亲低声喝止："它要自己出来。不然会死的。"接着，它费力地挤出了肩膀，用尽全身力气，一挣，壳一分为二，它出来了！乌黑发亮的小眼睛，湿漉漉的小身子，皮肤粉红粉红的。它可能累坏了，摇摇晃晃地站起来，又跌倒。我紧握着拳头，手心急出汗来，心里暗暗为它呐喊加油。它又站了起来，很快钻到了鸡妈妈的怀里。鸡妈妈一下下用嘴巴为它梳理羽毛，充满了慈爱。我的心激动得怦怦乱跳，也扑到母亲怀里，紧紧抱着她，竟热泪盈眶。

没过几天，骄傲的鸡妈妈高昂着头，踱着四方步，如同统率千军万马的大将军，身后跟着一群毛茸茸的小鸡崽，它们在墙根下晒太阳、捉迷藏，在草丛里捉虫吃，整日叽叽喳喳地嬉闹、欢笑，成了春日里最富有生机的画面。

"妈妈，我要买小鸡，它们太可爱了。"儿子稚嫩的声音让我瞬间回过神来。我赶忙帮儿子选好几只小鸡，装在买菜的小竹篮里。

卖小鸡崽的农人又挑着担子走远了，"卖鸡崽咯——"声音清亮、悠长，余音缭绕在村庄的上空，久久不绝。

我看着篮子里的几个小鸡崽，想告诉儿子：每一个生命来到世间都充满了艰辛，也充满了奇迹，值得我们用很多很多的爱去呵护它们、丰富它们。

庭院深深枸杞红

上高中时，女生宿舍楼前有一个小院，那是老师们的宿舍。小院有高高的围墙，总有丝瓜花、黄瓜花探出小脑袋，冲我们笑。

那年高三，教我们英语的王老师是退休返聘的老教师，六七十岁，头发花白，精神矍铄。我的英语很差，每次上英语课如同听天书，偏偏总被王老师点名读课文，我慢慢腾腾起身，两腿打战。课文上很多单词不认识，就含糊过去，磕磕绊绊读完课文，引得全班同学哄堂大笑。王老师看了我一眼，微笑点头，示意我坐下。我如临大赦地坐下，背上冷汗直流。

高三下学期一开学，我的英语又挂了"红灯"。我看着难看的分数，心里异常难受。上晚自习时，我被班主任叫到教室外，王老师也在，我的心立即提到了嗓子眼。王老师笑吟吟地说："别紧张啊，听说你别的科目都很拔尖，只有英语不行，这是短板。要想高考考出好成绩，必须努力把英语提高上去。"他顿了顿又说："从明天开始，中午一点、下午六点，你到我家来，我给你补一个小时英语。"看我有点迟疑，他说："放心，我不收你钱，免费辅导。另外，你师母也在家，你也认识的。"班主任见我发呆，忙说："还不快谢谢王老师！"我慌了，连连鞠躬致谢。

第二天中午，我战战兢兢来到神秘的小院，王老师的家在靠墙的最里面。门前种了很多花草，墙上还爬满了我不知名的藤蔓，郁郁葱葱。王老师和师母在吃饭，看到我，忙招呼我坐下。王老师讲课很细致，他把我不懂的知识点全部列下来，制订计划，逐一攻破。我像打开了一扇幽深的大门，看到了不一样的新世界，豁然开朗。

转眼到了四月，我又去找王老师补习。倏然，看到墙上的藤蔓开花了。翠绿的瀑布间，点缀着精致小巧的深紫色花朵，呈五角星的形状，白色的花蕊，纤细修长，从花朵里探出头来散发出幽幽清香。师母说，这是枸杞，是优良的药材呢。

那时我的英语成绩已经突飞猛进了。为了感谢王老师，月末返校，父亲还带了自种的南瓜、豆角、西红柿之类蔬菜给王老师。王老师没有推辞，对师母说，收下吧，家长的一片心意。

后来的日子里，我每次下午去补课，都会看到王老师和师母在吃饭，总是留一两个肉菜。师母一边收拾东西，一边为难地说："这菜又吃不完了，放明天就坏了。"王老师忙对我说："你吃了吧，倒了多可惜啊！"他们夫妻俩反复推让，我就"勉为其难"吃完了那些"剩菜"。那是我一星期都舍不得吃一次的美味佳肴啊！师母笑着说："这就对了，当学生辛苦又费脑，快高考了，要多吃点补充营养，才能考出好成绩呢。"不知为何，我的双眼顿时被水雾蒙住了。

转眼到了六月，高考要来了。王老师家墙上结了很多枸杞子，红彤彤、亮晶晶的，如玛瑙似宝石，又犹如礼花、喷泉般垂挂下来，绿叶红果，煞是好看！

那是我高考前最后一次上课。王老师把考点全部给我过一遍，又反复给我讲答题技巧。师母还做了一桌子好菜让我留下来吃，她开玩笑说："这可不是剩菜了，特意给你做的。"我泪如泉涌，紧紧抱着师母，好久没有放开。

等我收到大学录取通知书的时候，兴冲冲跑去给王老师报喜。熟悉的房门却紧闭着。原来，他们已经回乡下老家休养去了。

眼前的枸杞子，依旧果盈满枝。点点红果在绿丛中欢笑。

我想：这枸杞真是人间至宝啊！枸杞芽是春天餐桌上佳肴，清火明目。枸杞花可以用来泡水、煮粥、做药膳，滋阴润肺、清热止咳。而枸杞子更是凝结岁月芳华，《本草纲目》中记载"枸杞补肾养精，养肝明目，坚精髓，去疲劳，易颜色，明目安神，令人长寿。"

王老师的一生不就如眼前这透红的枸杞吗？二十岁就投身教育事业，几十年教书育人，桃李满天下；退休后还守护着教育的百花园。他把自己的一生都奉献给了教育和学生。

此情此景，往事一幕幕浮现：王老师耐心辅导我学英语，我们围坐在饭桌边谈笑风生……我的泪又一次簌簌落下。

河灯点点寄相思

立秋刚过，酷暑的余热还未消散。中元节悄然而至，几多相思几多愁，带着对逝去至亲的思念，带着流年的印痕缓缓荡漾开去。

圆月当空，河水旖旎，绰影婉约，我愿点亮一盏盏明灯对夜，祈祷我逝去的亲人，安宁。

第一盏河灯点给我慈爱的祖母。

祖母已经离开我们三十余年了。她是个小脚老太太，喜欢穿对襟的素色褂子，"三寸金莲"走起路来如同杨柳扶风，头上扎着精致的发髻。祖母每次见我，总是笑盈盈的，眼波里盈满柔情。

有多少次，她在我的梦里出现。夏夜凉如水，满天繁星点点，我们并排躺在竹床上指认星座的名字，她不厌其烦地给我讲《牛郎织女》的美丽传说，不知什么时候我已甜甜入了梦，她的蒲扇还一直在摇啊摇……

第二盏河灯点给宠溺我的外公。

外公去世十多年了。老人们都说，外公是有福之人，93岁时寿终正寝，走得很安详，没遭受折磨，如同睡了一觉。

记得以前，一到放暑假，我如同外公的小尾巴，与他形影不离。每当夕阳快落山时，他总会带我和弟弟来到玉米地旁，挖灶生火烤苞谷、烤红薯。然后，他一边坐在草地上抽旱烟，一边看着我们津津有味地吃得欢。夕阳的余晖把外公的脸瑛红，他的眉毛眼睛挤在一起，笑得如同电视里的老寿星。

回家时，我不愿走路，他就把我背在他宽厚的背上，伴着满天星斗，有清风轻拂着脸颊。那一刻，我只希望回家的路没有尽头，就这样一直走一直走。

第三盏河灯点给世界上最爱我的人，我的母亲。

母亲去世已经十四年了，每每想起，泪盈满眶。她站在我的面前，轻笑着唤我的乳名；她在春天的树下，一针一线给我缝花衣；她在夏天的老槐树下，给我们做冰凉爽滑的凉粉；她在秋天的棉花地里，披着银色的月光，俯身麻利地摘雪白的棉花；她在寒冷的冬夜，把我冰冷的双脚放在她柔软温暖的肚皮上……

岁月有多长，我对母亲的思念就有多长。绵长的母爱足可以抵岁月漫长。

第四盏灯给待我如亲生女儿的婆婆。

婆婆走五年多了，她的一笑一颦永远铭刻在我的记忆深处。有婆婆在的日子总是幸福的。我每天早上睡到日上三竿，醒来也可以吃到的美味的湖南米粉；无论我回家再晚电饭煲里都没有热气腾腾的饭菜；门前的小菜园，四季永远瓜果飘香……

至今婆婆的微信还存在我的手机通讯录里，我舍不得删掉，总觉得只要我没删掉，总有一天，婆婆唤我回家的信息还会出来。每到夜深人静的时候，我总不由自主地翻看她以前发给我的语音，一遍又一遍，不知何时早已泪流满面。随后，我发语音给她，诉说我的心里话，如同在和她唠家常。

　　"绕城秋水河灯满，今夜中元似上元"。夜幕低垂，盏盏河灯被点亮，带着我们的思念与祝福，在河水的烟波里轻轻摇曳，只愿这份相思顺流而下，延续再延续。

第四章

阳光在南墙根盛放

盼一场春暖花开

时光荏苒，忽而岁暮。伴着冬日的风雪，2024年的脚步越来越近了。

这个冬天似乎有些漫长，但是没有一个冬天不能逾越。

新的一年，我要和朋友们愉快地相聚。我要挤进人群和他们大声喧哗、欢呼。夜幕低垂，霓虹闪烁，我们欢聚一堂、围炉夜话，在氤氲热气里吃肉、喝酒，纵情歌唱，没有曲尽人散。我们要把酒言欢到天亮，和这烟火人间不醉不休，永不散场！

新的一年，我要好好陪伴家人。回首这一年，虽与家人静守的光阴很多，但是气定神闲的日子却太少。我希望未来的每一天，我们能多些互助与包容、多些相守与感动。我不再对女儿的小错误大吼大叫，不再对儿子的调皮任性情绪崩溃。我要珍惜当下，好好陪伴他们度过一个无忧无虑的童年。

新的一年，我还要回故乡看看。看一看老屋门前的桃花是否依旧灿烂，我家的老黄狗是否还会冲我摇尾乞怜。再好好地陪年迈的父亲吃饭，听他絮叨着家长里短，讲几遍我儿时的趣闻。我要走在乡间的田埂上，尽情饱览春色。在煦暖的春光里，牛羊在悠闲地低头吃草，金黄的油菜花铺满田野，再挖一篮肥嫩的野荠菜，采一两朵野花入鬓，捧满繁花，香气四溢。

新的一年，我要珍惜生命中每一件微小的事情。细心地撒下一粒粒种子，种一片花，看它们生根发芽，郁郁葱葱，在最美的春光里肆意怒放。我要用心烹制每一餐饭，装扮房间的每一个角落，认真阅读每一本书……

新的一年，我要善待每一次遇见。我要给好久没有联系的朋友通话，说出我的思念。我要对曾经有误解的朋友表达我的歉意，和好如初。我还要对路上的每一个行人释放善意的微笑，对每一缕阳光绽放明媚的笑靥。

新的一年，我要来一场说走就走的旅行。我要走遍祖国的山川大河，登最高的山、看最美的风景。我要随心所欲地到处走走，吹一吹郊外和煦的春风，畅快地呼吸新鲜的空气。

"沉舟侧畔千帆过，病树前头万木春"。在即将到来的新年里，让我们在欢声笑语中辞旧迎新，在漫天的绚丽烟花中，期盼2024年，下一站旅程，平安幸福！

最是人间二月天

二月是一位娇俏的姑娘，刚刚睁开惺忪的眉眼儿，和煦的春风便吻上她的脸，拂上了她的眉梢。盈盈一瞬间，整个世界便荡开了温柔的笑靥，空气中都弥漫着春的气息。

"不知细叶谁裁出，二月春风似剪刀"。二月，柳树披着一身的鹅黄，妩媚多姿。那一株株碧绿色的柳树，垂下千万条绿色的丝带，密密的、细细的，宛若绿珠儿串成的门帘。河边，柳丝低垂，临风起舞，像是对镜梳妆的少女，又如长衣善袖的仙子，舞出一支春之曲。

"新年都未有芳华，二月初惊见草芽"。蛰伏了一冬的小草，急不可耐地探出小脑袋，如襁褓中的新生婴儿，娇娇嫩嫩的，忽闪着水汪汪的大眼睛，新奇地东张西望。煦阳暖暖照着，春风柔柔吹着，它们便咿咿呀呀说个不停。

"乱花渐欲迷人眼，浅草才能没马蹄"。当你忍不住躺在春天的怀抱里，与春风缠绵悱恻时，却发现在浅草织成的地毯上绣满了多姿多彩的野花。婆婆纳端着蓝色小碗里，盛满了旖旎的春光。蒲公英的灿烂笑脸，天真烂漫，让你忍不住喜上眉梢。点地梅穿着粉嫩的小花裙 在春风里婆娑起舞。荠菜亭亭玉立，戴着一顶小花帽，正朝你眨眼……你就这样看呀看，不知不觉，春意便溢满你的心房。

"人间二月春风来，有花正向心头开"。娇黄的迎春花，一定是一个争强好胜的孩子，她当仁不让地吹起来春的号角。柔软的枝条，娇嫩的花朵闪耀着春阳般的光泽。高大的玉兰树，洁白如玉，它的每一朵花都像一盏明灯，照亮了整个春天。

樱树、桃树、杏树、梨树……疏疏的枝条上，冒出鼓囊囊的小花苞，密密匝匝的，如同五线谱上跳跃的音符，只待春风的纤手轻轻一弹，花儿朵朵开，便会酿出醇香的美酒来。

二月，春回大地，万物萌动。这时候是农忙的季节，老农扬鞭扶犁，开始孕育新一季的希望。每一个农人都知道，一分耕耘一分收获，时节从不待人。

二月也是孩子们最欢乐的时刻。"草长莺飞二月天，拂堤杨柳醉春烟，儿童散学归来早，忙趁东风放纸鸢"。早春二月，青草如茵，黄莺漫飞。孩子们早早放了学，赶忙趁着春风把风筝放飞，也放飞了一份份希望。

最是人间二月天。二月是春的序曲，我们等待的，不仅是那一抹醉人春色，更是万物复苏、生机勃勃的希望。

一声春雷惊百蛰

二十四节气中，"惊蛰"是一个既形象生动，又富有诗情画意的词语。

惊蛰，古称"启蛰"，标志着仲春时节的开始。《月令七十二候集解》中写道："二月节，万物出乎震，震为雷，故曰惊蛰，是蛰虫惊而出走矣。"

惊蛰之妙在"惊"，惊为惊醒、惊动、惊叹，更多的是惊喜。古人认为是天上的春雷惊醒蛰居的动物，谓之"惊"。

惊蛰时节，天气转暖，春雷始鸣。惊蛰如同蓄势待发的鼓手，雷声便是它敲响的鼓声。"惊蛰节到闻雷声，震醒蛰伏越冬虫。"在万籁俱寂的夜里，鼓声震天响。蛰伏于泥土中冬眠的虫子们一惊，就醒了，它们揉着惺忪的睡眼，打着哈欠，伸着懒腰。世界从此就喧闹起来了！

民谚云："春雷响，万物长。"春雷不仅唤醒了百虫，还有世间的草木。惊蛰时节，春气萌动，大自然呈现出一片欣欣向荣的景象。春到此，不深不浅，欲说还休，别有一番风味。

惊蛰来了，百花争妍草木萌。山野遍地桃花红、李花白、菜花黄。皎皎玉兰含笑醉春风，杏花渐露芬芳吐，草色青青柳色黄。最美不过三月桃花，经春雨的润泽，水淋淋的湿，粉嘟嘟的嫩，是美人颊上的胭脂，酿成春天里最醇香的美酒，醉了人间。"等闲识得东风面，万紫千红总是春"。一幅生机盎然的早春画卷，铺满天地之间。

惊蛰来了，百鸟啁啾春意闹。鸟儿们感春阳清新之气而初出，处处可见莺儿啼、燕儿舞、蝶儿忙。"几处早莺争暖树，谁家新燕啄春泥"。从惊蛰开始，祖母每日都早早打开堂屋大门，迎接燕子早日归家。

惊蛰来了，春耕的序曲也奏响了。"过了惊蛰节，春耕不能歇"。惊蛰后的气温回升，气候逐渐变暖，雨水增多，万物开始复苏，农家开始进行春耕生产。

儿时的记忆里，每到惊蛰，全家老小都开始忙碌起来。父亲叔伯们全下田干农活儿，他们往田里运农家肥，一根扁担在肩头颤悠悠。粪肥入田，铁锹撒匀，扬鞭吆喝耕牛，犁地翻土，空气里弥漫着新鲜泥土的芳香。祖母和母亲在家后院的菜园子里，也忙着整地、种果蔬。乡村处处呈现一幅繁忙劳碌的农耕场景。

雷声是惊蛰的号令。对农民来说，有土地就有盼头。春耕秋收，种下一分希望，期盼一分收获。

惊蛰一声雷，让所有的生命都憧憬着新的希望，用心书写梦想的诗行！

谷雨时节家家忙

"杨花柳絮随风舞，雨生百谷夏将至"。谷雨是春天的最后一个节气。它承接着春夏的最美时光，从嫣然到明媚，暮春以最艳丽的姿态，向人间告别。

《群芳谱》里写道："谷雨，谷得雨而生也。"谷雨时节，大地回暖，雨量逐增，正是春耕春播的好时机，乡间田野一派繁忙的春耕图景。

儿时的记忆里，布谷是乡村的时钟。晨曦微露之时，"布谷，布谷……"清澈悠远的叫声，叫醒了寂静的乡村，催促着人们早起耕耘播种。

父亲和伯伯们一听到"号令"，就早早起床，开始在田间地头忙碌起来。谷雨时节，麦子拔节疯长，马上进入孕穗、扬花期了，要争分夺秒去追肥、浇灌、撒药。每一块土地都被犁耙得平平整整，如同织布绣花一般细致入微。棉花苗移栽完，春玉米、花生早已选好优质种子，一粒粒精心点种，如同在春天的书页上写下一排排希望的诗行。

母亲的菜园也热热闹闹。刚翻土平整好的菜地，还散发着泥土的芬芳。母亲用锄头刨坑，我紧跟其后放种子，弟弟们负责浇水、埋土。种完豆角、丝瓜，又忙着栽番茄，黄瓜、南瓜等秧苗。我们干得热火朝天，忙碌的汗水里畅想着丰收的喜悦。

谷雨时节大人忙着耕种，小孩子们也忙着赏花、摘果。

谷雨时节新绿初萌，各种野花次第绽放。梨花雪白、泡桐粉紫、杜鹃火红……春光烂漫的乡村，每一个角落都洋溢着鸟语花香。

"流年容易把人抛，红了樱桃，绿了芭蕉"。谷雨时节，樱桃开始成熟了。颗颗饱满的红樱桃，如珍珠玛瑙，掩映在绿叶间，通透可爱，鲜亮诱人。摘一把，塞进嘴里，甜津津的浆汁顷刻间盈满口腔。还有黑紫发亮的桑葚、金灿灿的刺泡儿、红艳艳的覆盆子……乡野里到处都是吃不完的天然美味。

谷雨时节家家忙，更不会忘记"谷雨食香椿"的风俗。

俗话说："雨前香椿嫩如丝，雨后椿芽生木质。"谷雨时节，香椿脆嫩鲜香，是采摘的最佳时机。母亲把紫红色的香椿芽洗净，在沸水中焯水后，放进冷水中浸泡放凉、切碎，再调入蒜汁、陈醋、辣椒油等凉拌，或是做成香椿鸡蛋饼都香味扑鼻，令人回味悠长。美味的香椿是大自然对辛苦农人最好的犒劳。

谷雨是季节的号令。在希望的田野上，农人们踏着时令的节拍，忙碌着播种新一季的希望，孕育着一个又一个生机勃勃的日子。

小满未满，刚刚好

二十四节气里，我偏爱小满。

元代吴澄《月令七十二候集解》中注释："小满，四月中。小满者，物至于此小得盈满。"小满，标志着炎夏闪亮登场。农历四月中旬，北方地区麦类等夏熟作物籽粒变得饱满，但尚未成熟，故称"小满"。

小满，是一幅醉人的风景画。"夜莺啼绿柳，皓月醒长空。最爱垄头麦，迎风笑落红"。北宋文学家欧阳修曾在《小满》里描述了小满时节的田园风光。

一望无际的麦田，如同天地间铺就了一张巨大的绿地毯。风吹，麦浪滚滚，碧浪翻滚，此起彼伏，蔚为壮观。此时，麦穗早已灌浆，日渐饱满，如同十月怀胎的孕妇，正满心欢喜地期盼生产呢。轻轻掐下一只麦穗，剥开麦壳，滚圆的麦粒青中泛黄，放在嘴里嚼，糯中带甜。只需十几日的好太阳，热辣滚烫、结结实实地来一场日光的洗礼，它们便换上金灿灿的节日盛装，唱起丰收的赞歌了。

小满，是一首优雅的田园诗。"簌簌衣巾落枣花，村南村北响缫车。牛衣古柳卖黄瓜"。东坡先生在《浣溪沙》里勾画出一幅生活气息浓郁、意趣盎然的乡村风景画。

娇黄的枣花，细细碎碎点缀在枣叶间，如同碧空里的繁星点点，闪亮而迷人。微风拂过，枣花簌簌飘落，空气里弥漫着馥郁的清香。

小满前后，阳光动人，雨水充沛，黄瓜也迎来了它最好的年华。藤儿壮，叶儿肥。嫩绿的梢头铆足了劲儿向上爬呀爬，日夜不息。碧绿的小黄瓜戴着黄灿灿的太阳帽，骄傲地奔跑、喊叫。似乎一夜之间，它们就长好了。不一会儿工夫，顶花带刺、嫩生生的黄瓜，就装满了荆筐，只等着"牛衣古柳卖黄瓜"了。

小满未满的时节，蔷薇烂漫，樱桃殷红，芭蕉翠绿，麦穗渐黄，蚕茧丰满，一切都恰到好处，如同我们的人生，渐入佳境。

小满，是一本深厚的哲理书。

《周易·丰》中讲："日中则昃，月盈则食。"这句俗语作为古人的智慧，其实蕴含了很多人生哲理。水满则溢，月满则亏。任何事情达到极限后，都很容易走向相反的方向，趋于衰落。做人也一样，切勿自满自大，唯谦卑，方能有始有终，受益终身。

《菜根谭》中也写道："花看半开，酒饮微醉。"在我国传统哲学里，追求留白，一切都要恰到好处。而在小满节气里，正好诠释了"刚刚好"的真正内涵。

小满，满而不溢，满而不损。未满，才有日益上升的空间，才有不断进步的余地。盈而未满，才得圆满。

人生最好的状态，是小满。小满，未满，刚刚好。

悠悠端午浓浓情

清晨，走过熙熙攘攘的小街，小食摊上热气腾腾的粽子，让我不禁驻足流连。这浓郁的粽香也牵出了我温暖的端午记忆。

记忆中的端午节是美食的盛宴。一大早，母亲会煮两大盆好吃的，装得冒了尖儿，有糯米红枣粽子、大蒜、鸡蛋、咸鸭蛋……大蒜是刚刚从地里拔出来的新鲜蒜头，煮熟后吃起来软糯清甜。咸鸭蛋是母亲用草木灰和盐水精心腌制的，煮熟，敲破蛋壳，轻轻剥开，便有油亮的黄油流淌。每次，我都先用舌头贪婪地舔着橘红色的油，再一小口一小口抿，等把油润沙软的蛋黄吃完了，就用筷子把柔嫩的蛋清一点点挖出来放在绿豆粥里，搅拌均匀，粥的鲜绿配上蛋清的皎白，咸香软糯，别有一番滋味在舌尖萦绕。

端午节，小孩子要佩戴香囊。祖母用彩线缝制好布袋，绣上古朴典雅的花草，装上艾草、金银花、菖蒲草等中草药，用绳子系好，佩戴在衣襟上，浓郁的花草香沁人肺腑，可以驱蚊虫、保平安。还会佩戴五色线，用五种颜色的丝线搓成线，系在手腕、脚踝和脖子上。每个女孩子都被打扮得又香又美，还不忘出门找小伙伴炫耀一番。

除了吃喝佩戴，我们最喜欢的活动是"碰蛋"大赛。

早上吃饱喝足，在书包里放几个煮熟的鸡蛋、鸭蛋或鹅蛋，迫不及待地冲到学校，进行"碰蛋"大赛。大家三五成群地围坐在桌子上，每个人献宝般拿自己参赛的蛋和别人的碰，谁的蛋先被碰破，就算输了，只能眼睁睁地看着蛋被对方拿走。我记得我班上一个男生拿的是咸鸭蛋，皮特别厚实，凭借那个蛋中的"战斗蛋"，他赢走了好多蛋，装在书包里鼓囊囊的。输掉的人愿赌服输，也不气恼，笑嘻嘻地下"战书"，放大话："明天还比，谁怕谁！"赢的人似乎一下子长了八条腿，在班里横行霸道，那派头仿佛拥有了全世界。

离开家乡许多年，每到端午节，总能吃到名目繁多的粽子。记得大二那年，室友的母亲从南方寄了满满一箱粽子，有鲜肉粽、火腿粽，甚至昂贵的海鲜粽。虽是第一次尝鲜，味道都很不错，我却总觉得不及母亲包的红枣粽香甜；吃过各种咸鸭蛋，都不及母亲腌制的美味。我明白：不是这些食物不美味，只是它们没有家乡的味道、童年的味道，还有母亲的味道。

儿时端午节，吃粽子、咸鸭蛋，佩戴香囊的温馨画面，甚至那碰蛋时的欢笑声，都常常令我魂牵梦萦。那是我无论走多远，都依然会溢满心房的温暖情愫。

盛夏的清凉时光

"绿树阴浓夏日长，楼台倒影入池塘"。一到盛夏，我便会想起奶奶。

小时候，我家门前有棵老槐树，是奶奶在爸爸出生时栽下的。我出生时，它已经有四五层楼那么高，树干粗壮，我和四个小伙伴手拉手才能合抱起来。

夏日的老槐树枝繁叶茂，像一把撑开的巨伞，遮住炙热的阳光，洒下一片绿荫。

老槐树下有一个用红砖和水泥砌成的长方形桌子。吃饭的时候，它是我们全家的餐桌；写作业时，又是我的书桌。它还是我和小伙伴的游戏桌，我们在上面玩纸牌游戏、弹弹珠、抓石子……每次都玩得不亦乐乎！

夏日的午后，烈日炙烤着大地，知了不知疲倦地叫着：热啊，热啊……我们全家人都躲在老槐树下偷一丝凉爽：奶奶一针一线专注地为我绣花裙子，妈妈在教三岁的双胞胎弟弟学话，我和小伙伴们在水泥桌上尽情玩耍。弟弟稚嫩甜腻的奶声、我们肆意开怀的笑声，荡漾在整个村头，为原本寂寥的夏日增添了许多生机。

有时，爸爸从地里回来，拎两个大西瓜。奶奶就从自家深水井里打半桶清凉的水，把西瓜放进去，等半个时辰，再把西瓜捞上来，切成月牙儿，放在水泥桌子上。然后，故意拖着声音招呼我们："吃——西——瓜喽！"一听到声音，我们马上飞奔而来，红艳艳的汁水、亮晶晶的黑瓜子，真是太诱人了！我迫不及待地大口大口啃起来，井水浸过的西瓜，凉丝丝、甜蜜蜜的。由于吃得太猛，我被呛得直咳嗽，奶奶听到声音便会立马跑过来，一边给我捶背，一边佯装生气道："瞧你这吃相，有没有点女孩样儿。慢点吃，没人跟你抢。"清凉的西瓜汁一直甜到心里，真是透心凉啊！

两个弟弟坐在小板凳上吃西瓜，只穿了一件小裤衩，他们笨拙地啃着西瓜，红红的汁水顺着肉乎乎的脖子，流过圆滚滚的肚皮，滴到地上，再看看他们的脸，东一道红、西一道红，还有黑瓜子点缀着，我们忍不住哄堂大笑。

奶奶收拾西瓜皮的时候，总是用一把小刀轻轻地削我们吃剩下西瓜皮上的红肉，她吃得津津有味。那时我总是不明白，奶奶为什么喜欢吃我们剩下的呢？后来，我知道她总是把最好的留给我们。

傍晚，夕阳如害羞的新娘，遮去了半边脸，慢慢地隐去。低垂的夜幕并没有带走多少白天的炎热。

晚饭后，奶奶用清凉的井水洒湿整个院子，把竹床搬到院子里，用干净的毛巾把床面细细擦拭干净。等晾干了，放好枕头和薄被，招呼我躺上去，我三步并作两步，皮猴子般跳上竹床翻跟头，热乎乎的身体贴上冰凉的竹床。顿时，全身凉爽，舒服而惬意。

我和奶奶并排躺在竹床上仰望夜空。深蓝的天幕、满天的星斗，亮晶晶的，眨呀眨，偶尔有一两颗流星划过天际。奶奶侧卧在我身旁，轻轻摇着蒲扇，为我赶走蚊虫。她指着天上的星星讲我百听不厌的《牛郎织女的传说》。在满天的星空下，伴着奶奶温柔低缓的声音，我不知不觉进入了甜蜜的梦乡。

如今，又是炎炎盛夏。老家门前的老槐树，历经风雨，依旧苍劲挺拔、郁郁葱葱，可奶奶却不在了。任时光如何变迁、任夏日多么酷热，奶奶都会永驻我的心间，为我洒下一片清凉。

立秋时节滋味长

有婆婆在的立秋，总是仪式感满满。

立秋前两天，每当东方晨曦微露，婆婆就开始忙着"晒秋"了。婆婆把宽敞的庭院打扫得干干净净，还不忘用湿抹布细细擦过两遍。把新收的稻米铺成薄薄的一层，晾晒在干净的院子里，金灿灿如同一地金子。四周摆放着圆圆的大簸箕，晒着五颜六色的酱菜。红艳艳的尖椒码得整整齐齐，薄薄的白萝卜一片片如雪似玉，切成均匀长条的老黄瓜……屋檐下还挂满了辫成串的、黄澄澄的大玉米棒子——一幅五谷丰登农家图。

在我们家乡，立秋要"啃秋"。立秋那天，刚刚吃罢早饭，婆婆就喊我和女儿一起去菜园里摘瓜果蔬菜。菜园被婆婆打理得井井有条，四周的几棵果树，早已果实累累。我提着篮子尽情享受采摘的快乐。紫莹莹的茄子、碧绿的青椒、鲜红饱满的番茄、圆滚滚的胖南瓜、长长的绿豆角、顶花带刺的水灵灵的嫩黄瓜……一会儿工夫，我就收获了满满两大篮子。婆婆的水桶里也放满了白里透红的水蜜桃、香瓜，大西瓜。菜园那边，公公正用长长的竹竿打枣子，女儿颠来跑去，捡地上的枣子，欢喜得不得了！她用褂子前襟兜了一大兜红枣子，活像一只小袋鼠，到处蹦来跳去。

我们把战利品全放在大水盆里，用冰凉冰凉的井水洗得干干净净。四个人都放松地坐在地上，粗犷地啃起"秋"来。我大口大口啃着水蜜桃，公公慢慢地啃枣子，婆婆递给女儿一牙儿西瓜，叮嘱道："冰冰，今天吃完这西瓜，今年就不能再吃了啊！""为啥啊？"女儿大眼睛忽闪忽闪，疑惑不解。"今天立秋，从今天开始，天气变凉了，吃西瓜会拉肚子的。"女儿一听，立马大口啃起西瓜，迎接秋天的到来。

　　我们家除了"晒秋""啃秋"，立秋那天还要尝新米、贴秋膘。婆婆蒸上今年刚收的新米，还做一大桌子美食：土鸡、老鸭汤、红烧肉……色香味俱全，让人垂涎三尺。我看着兰花白瓷碗里盛着的新米饭晶莹透亮，冒着热气腾腾的清香。我迫不及待地吃一口，清甜饱满的口感，咀嚼时唇齿生香。婆婆夹一块红红亮亮的红烧肉放在我碗里说："多吃点，都瘦了，好好贴贴秋膘！"我咬一口软糯滑嫩的红烧肉，和着一口新米细细品尝。在婆婆慈爱的眼波里，那一刻，我幸福得只想落泪。

　　如今，立秋又至，婆婆那忙碌的身影和慈爱的笑容却只能定格在我记忆的相册里。但那清香四溢的新米、那酱红色软糯美味的红烧肉，却足以温暖我无数个岁月，幸福我的一生。

几度夕阳醉浅秋

秋天的乡村，数黄昏时最醉人、安详和丰腴。

小时候，家里养了一群羊。每当太阳挂在半山腰时，我这个"小羊倌儿"就光荣上岗。我牵着羊妈妈走在乡间的田埂上，几只小羊羔悠闲地跟在后面咩咩叫着，偶尔低头啃两口草。

在金色的夕阳里，野菊花们开得散漫自在，田埂边、河沟旁、土坡上，随意生长。这里一簇、那里一片，细小的花朵笑成一堆，天真烂漫的笑脸仰着，等着你去欣赏。淡雅的清香混着泥土的芬芳，随风荡漾，扑进你的鼻子上，直到心里。猛不丁，一只细长的野蜂就飞快跌入金黄色的花海里，真是"飞入菜花无处寻"了。

我随手扯一束野菊花，插几朵在鬓边，便觉得自己美若天仙，还大摇大摆地走起来，生怕别人看不见。

到了田边，我找个水草丰盛的地方，用砖头把拴羊的长木橛子锤进土里。羊自由了，我也自由了。

我坐在高高的土坡上，尽情欣赏夕阳下醉人的美景。此时，夕阳已接近地平线，如一枚耀眼的金球，映红了天边的云彩，一切都笼在晚霞洒下的金黄色的纱帐里。

往远处眺望，整个田野都淹没在夕照的金粉里。一块块农田，如同一个个大画框，油画上点缀着忙碌的农人，他们如同在油画中游走，真是"人在碧波行，如在画中游"啊！收高粱的、摘棉花的、栽萝卜白菜的，他们低头弓背，身手敏捷。忙碌的身影沐浴在夕阳的余晖里，周身镀上了一层金色，他们的剪影装帧成天地间最美的画。

近处，庄稼正可劲儿地生长，争着抢着为大地奉献累累硕果。半黄半绿大片大片的叶子间，硕大的玉米咧开嘴，露出金黄的牙齿，一个劲儿笑，颔下的胡须随风飘荡。金灿灿的谷穗，低垂着沉甸甸的脑袋，成了田野深沉的诗人。瘦高个的高粱，莫不是喝了一坛酒？全都涨红了脸，醉倒在夕阳里。

我往草地上一躺，便淹没在夕阳金色的柔波里，身心都随风摇荡了。

仰望天幕，瓦蓝瓦蓝的，如一汪清泉般清澈洁净。已经有几颗星星在闪烁，偶尔有几丝云絮飘过。我突然想起一句诗"宠辱不惊，看庭前花开花落。去留无意，望天上云卷云舒"。我觉得自己和这云儿一样，去留无意，散漫云天外了。

这时，我听到母亲唤着我归家的声音。再一听，羊妈妈咩咩唤着羊儿、老人吆喝着老黄牛、鸟儿鸣叫声声——都要归巢了。

村庄在田野尽头，一排排，被黄昏镀上一层迷人的橙色。炊烟袅袅，在空中相拥缠绵，又慢慢消散在夕阳里。

那一刻，世间的一切，都醉倒在夕阳里，村庄、田野、农人，还有童年的我。

时逢秋暮露成霜

"秋风萧瑟天气凉，草木摇落露为霜"。岁月更替轮回，不经意间，秋便悄悄走到霜降的地界。

《月令七十二候集解》载："九月中，气肃而凝露结为霜矣。"霜降时节，万物毕成，毕入于戌，阳下入地，阴气始凝，天气渐寒始于霜降。晨起，天地间雾气蒸腾，枯叶上布满了洁白晶莹的霜华，手触间，寒意透过指尖直达心底。

"霜降水返壑，风落木归山"。暮秋，水归沟壑，叶落归根。一叶而知秋，杨柳春早发，秋来叶早枯。道路两旁，颀长秀美的白杨树，已染上一树的金黄，沐浴在蜜一样的秋阳里，发出耀眼的金光。瑟瑟秋风中，拼命地鼓着掌，迎接着人来车往，气氛热烈而隆重。风动枝摇，片片落叶，在风中跳着优雅的华尔兹，旋转、旋转、再旋转……最终完美收场，投入大地宽厚的怀抱。

洋槐树的叶子不知何时黄了，叶圆而密。一阵大风，黄叶纷纷飘落，随风起伏游走，如同金色的浪花，打着旋儿，被风扫到了沟壑里，堆积如山。而槐树的硕果、黑褐色的豆荚，一嘟噜一嘟噜，垂挂在光秃秃的枝丫上，风一吹，泠泠作响。倘若落上几只鸟雀，以蓝天为幕，便定格成一幅水墨画，题名：一树鸟雀鸣秋枝，可好？

"山明水净夜来霜，数树深红出浅黄"。秋霜一定是大自然里神奇的魔术师吧。树木经过秋霜的洗礼后，别有一番韵味，到处都是秋日胜春朝的好景致。

"停车坐爱枫林晚，霜叶红于二月花"。经霜的枫叶，比二月的花还要鲜艳动人。那一身殷红的，如同待嫁的新娘，妩媚俏丽，楚楚动人的身姿，怎不惹人爱怜？

"团团乌桕树，一叶垂殷红"。高大挺拔的乌桕树秋韵更浓。其叶赤于枫，子白如梅。大自然是位优秀的画家，它用一支无形的画笔，在每一片叶子上精心描染上迷人的色彩。淡红、橙红、酡红、赭红、猩红、浅黄、明黄、淡橘、粉橘……一眼望去，如碧空中一抹抹色彩斑斓的彩霞，令人陶醉。一棵乌桕树，就是一场盛大的秋。

而银杏则演绎着另一种秋韵。仿佛一夜间，秋霜给银杏换上了黄袍，是再好的画家都调不出的好颜色。黄得夺目、黄得耀眼，这树树金黄，尽情渲染着深秋的华美，日月都失了颜色。

不止树木，果蔬经霜后，更是多了几分甘美。

俗话说："霜降萝卜赛人参。"经霜的萝卜不仅味甜汁多，而且是秋冬进补的优良食材。无论清炒还是凉拌，皆味美甘甜，与排骨或羊肉慢炖，便能炖出一锅人间美味。

白居易有诗曰："浓霜大白菜，霜威空自严。不见菜心死，翻教菜心甜。"大白菜经过风霜洗礼，便抱心而长，褪尽寡淡与苦涩，换来清脆与甜润。

"时至秋日终，霜降柿子红"。霜柿垂红分外甜。霜降前的柿子，吃起来青涩硬艮，经过风霜的洗礼后，酿出浅黄或橘红，色泽鲜亮，甘甜软糯。村口那一树红柿，点亮了霜华满天的深秋，更温暖了游子的梦。

这多像我们的人生啊，历经人生挫折，饱经岁月风霜，反而让我们褪去青涩与稚嫩，变得愈加历练、沉稳，如陈年的老酒，愈久弥香，甘醇绵长。

秋虫声声伴月明

乡村的四季中，秋天的月夜是最迷人的。

儿时的秋夜，当月亮爬上来的时候，我们全家人都会坐在院子里。大人们在皎洁的月光下一边剥玉米，一边轻声说笑，我和弟弟们尽情嬉戏玩闹。

秋天的夜空，高远而澄明。深邃的天幕上悬挂着一轮圆月，硕大饱满，它是丰腴华贵的少妇，妩媚、端庄，风情万种；又宛如一坛陈年美酒，散发着醇厚的幽香，令人"沉醉不知归路"。

月光如水般一泻千里，你甚至可以听到汩汩水波流动的声音，远处的田野、村庄，近处的花草树木，全都沐浴在月光的柔波里，被洗涤得洁净澄亮。空气里弥漫着清冽的桂花香，植物们在月下甜蜜呼吸，脉脉含情。凉风习习，如同月光的羽毛轻拂过脸颊，温柔而舒适。

在月夜里听秋虫声声鸣叫，仿佛是听孔子讲"不舍昼夜"，李白在吟诵"举杯邀明月"，苏轼在低唱"明月几时有"——道不尽的诗情画意。

月色朦胧下的广袤大地，是秋虫们演奏的大舞台。它们是自由的，田间、草丛、墙根……想在哪里唱就在哪里唱，想怎么唱就怎么唱。拉弦的、弹琴的、打鼓的，中西合璧，八仙过海，各显其能。蛐蛐、蝈蝈，咕咕、唧唧、嗡嗡……千百万只秋虫一声长一声短地鸣唱，此起彼伏，共奏一首月光下的小夜曲，那清越美妙的旋律，在清风里旋绕着，让人的心儿都跟着阵阵震颤。

虫鸣越是清亮、缠绵，月亮也就越是明亮、柔美。它在白莲花一样的云纱里穿行，走得缓慢又优雅。我想，它在悉心倾听这清纯的自然之音时，必定是入了迷，忘了回家的路了吧。

月下捉蝈蝈是最有趣的事。踏着月色，我和弟弟们屏息凝神，蹑手蹑脚地循声去寻蝈蝈。它们是躲在哪块土疙瘩下？还是伏在哪堆草丛里呢？或者，就在那一蓬南瓜花中。蝈蝈一定是在和我们捉迷藏，我们到了这边，它们就在那边叫，我们到了那边，它们又在这边叫，好不恼人！我们只好分头行动，费了九牛二虎之力，终于捉到一只蝈蝈。夜露打湿了鞋子和裤脚，我们也全然不管不顾，争先恐后地飞奔回家，向大人们报喜。

这时，外公总会把他用高粱秆扎成的小笼子提过来，我小心翼翼地把通体碧绿的蝈蝈装进笼里，弟弟们放进去两朵带露珠的南瓜花儿、一个红艳艳的辣椒。外公把蝈蝈笼挂在院子里的桂花树上，蝈蝈在吃饱喝足之后，开始扯着嗓子唱个不停了。

夜深了，祖母催我们睡觉了。我们躺在院子里的大床上，在如水的夜色里，沐浴着星月的光芒，伴着秋虫天籁般的美妙之音，安然入眠。梦里在桂花树婆娑的树影里，秋月的清辉洒落一地，还有那悦耳的声声虫鸣。

秋到农家满庭香

深秋时节，光阴染红了深秋，枝头挂满了白霜。我家的小院却是最迷人的，它如一幅色彩斑斓的画卷，装帧在明艳的深秋里。

暮秋的小院，没有一丝一毫的萧瑟之气，到处热热闹闹，一派欣欣向荣的景象。

"秋到农家满庭香，梨酥枣脆柿子黄"。院门口的两棵高大柿树，成了老屋最靓丽的风景线。满树的柿叶染了秋色，红中泛着黄，黄中泛着绿，煞是好看！而那些被秋霜浸染成金灿灿、亮晶晶的大红柿，远远望去，如同一盏盏红灯笼挂满枝头。一树柿子就是一首精美的唐诗，烂漫至极。

"不是花中偏爱菊，此花开尽更无花"。墙角的金钱菊开得正盛。细小的花朵笑成一堆，天真烂漫的笑脸仰着，等着你去欣赏。俯身端详，鱼鳞般的明黄花瓣、毛茸茸的花蕊，明艳不浮夸，平淡却耐人寻味。淡雅的清香扑入口鼻，只暖到人的心里。

院墙上的扁豆花在秋风中也不甘示弱，摇曳着身姿，妩媚而夺目。深秋是扁豆开花结荚的黄金时节。一簇簇粉粉紫紫的扁豆花，犹如一只只彩蝶，栖息在柔韧的藤蔓上，秋风起，舞蹁跹。月牙般的豆荚，或紫或白，一嘟噜一嘟噜，让人心生怜爱。

　　宽敞的场院里更是一派丰收的景象！父亲用门板把小院分成一个个方格，如同一张张画框。金灿灿的玉米、白生生的花生、红彤彤的高粱……铺成一幅幅五色斑斓的画卷，它满载着收获，惊艳了时光。

　　四周的木架上，大簸箕里晾晒着雪白的棉花，娇艳的红枣。屋檐下，挂满了一串串红艳艳的辣椒，如同春节火红的爆竹，透着喜庆祥和。

　　热闹的远远不止这些，还有我们一家人。我们坐在柿子树下的石桌旁，阳光透过密密匝匝的柿子叶，洒下细碎的阳光。我和弟妹们吃着花生、瓜子，啃着清甜的秋梨、柿子，热热闹闹地聊着天。父亲和伯伯讲着今年的收成，畅谈着丰收的喜悦。小院就这样欢声笑语不断。

　　此刻，我躺在故乡深秋的怀抱里，感受深秋丰收后的喜悦与幸福，品味着春华秋实的滋味。对于中年的我来说，远离城市的喧嚣，抖落一身的风尘，吸一口故乡清新的空气，喝一碗故乡清香的热茶，便是我憧憬的幸福人生了。

　　秋到小院满庭香，在秋日里伴着阵阵香味，平淡的日子也变得甘之如饴。

阳光在南墙根盛放

一到冬天，我家的南墙根就热闹起来了，像唱大戏一样精彩纷呈。

太阳挂上树梢了，一群人蹲在南墙根晒太阳。天蓝得如同盛满了一汪海水。阳光如盛开的花瓣，一朵朵落下来，轻轻盈盈，飘散在南墙根。门前的几棵老杨树，叶子落光了，光秃秃的枝丫却一点也不寂寞，树顶上的鸟窝里热热闹闹的。几只小鸟飞下来，扑棱着翅膀，叽叽喳喳，在枝丫间吵闹个不停。树和鸟形成了一幅水墨写意画，镶嵌在冬日的暖阳里。

祖父正蹲在南墙角，叼着长长的烟斗，悠悠然吐着烟圈，一呼一吸间，雪白的长胡须随意飘洒。一年到头，叔叔伯伯们难得清闲。他们倚着墙，半眯着眼，舒舒服服地享受着日光浴，有一搭没一搭地闲聊着。

南墙另一头，穿红着绿的女人们，成了最靓丽的风景线。她们挨着墙坐着，一人手里拿着一件针线活，嘴里聊着李家的姑娘生孩子、张家的小子找媳妇，手上的针线却上下翻飞。母亲正在给我做棉鞋，她纳的鞋底密密实实——大红的金丝绒鞋面，如一团火在她怀里燃烧。鞋做好了，她就唤我来试。我穿在脚上，如同踩在云朵上，舒适又好看，我忍不住在地上跳来跳去。

我们这些小孩子是最热闹的。三五成群，蹲在墙角，打弹珠、玩纸牌、踢键子、跳房子……隔壁的栓娃像泥猴子一样，哧溜哧溜往老杨树上爬，眨眼间就在树半腰上冲我们耀武扬威。帅耍完了，他才溜下来，往地上跳，结果用力过猛，只听哧啦一声，栓娃的脸咧成了苦瓜——哈哈，裤裆破了！栓娃妈闻声，把手里的活儿一丢，拿起扫帚追着他满地跑。我们幸灾乐祸地看热闹，笑得那叫一个欢实！

这时，三伯扯嗓子一喊："挤油了！"呼啦啦，我们一阵风般全跑到墙根，昂首挺胸，整整齐齐都站好了。一边是人高马大的三伯，一边是一群兴奋过度、跃跃欲试的小萝卜头。"一二三，开始喽！"我们使出吃奶的劲儿，拼命挤啊挤，手推的、头顶的、脚踹的，十八般武艺全使出来，小脸憋得通红，还不忘喊着口号："嘿呦！嘿呦……"谁料想，三伯猛不丁，身子一撤，跳了出去。再看我们，真像一堆粗壮的大萝卜，横七竖八堆在地上。我们爬起来，再看看，个个全身是灰，帽子掉了，鞋子找不到了，头发乱成鸡窝。一个个皲裂的小脸蛋上，却红扑扑的，头顶还冒着热气呢！每个人捂着肚子，没心没肺地笑成一团。大人们看着我们的狼狈相，嘴里骂着"一群皮猴"，却也笑得前俯后仰。

乡村的冬天一点都不萧条。只要有我们这些顽皮的孩子，世界便有了鲜活的画面。

每到冬日，我都会想起我家南墙根盛放的阳光，想起蹲在墙角悠然抽旱烟的祖父，想起倚在南墙根晒太阳的人，想起一起玩耍的小伙伴。那时的阳光那么美好，又那么绚烂。

读一棵初冬的树

初冬时节，在北方的乡村，我喜欢去品读每一棵树。

初冬的树，是一首小诗，深邃而隽永。

一棵柳树，黄叶满地，如倦鸟归巢。虽失了"碧玉妆成一树高，万条垂下绿丝绦"的生机盎然，却扮成繁华落尽的舒朗俊逸。柳丝纤细而柔长，点缀几片修长的明黄叶子，随风摇曳间，竟如翩翩公子般，裙袂飞扬，飘逸而俊美，让人不禁失了神。

一棵杨树，高大而苍劲，笔直的枝丫，直插云霄，如同顶天立地的战士，坚毅地守护着家园。而树顶上的一只鸟窝，成了它的点睛之笔，偶有几只鸟雀，或站，或蹲，梳理着羽毛，悠闲自得；又或是跳跃、鸣唱，呢喃细语，树和鸟，成了一首鲜活而生动的诗。

初冬的树，是一幅水墨丹青画，况味绵长。

一棵柿树，叶子落尽，只有枝丫。国画大师铺好宣纸，用粗壮的狼毫笔，饱蘸笔墨，一挥而就，笔法恣意、洒脱，每一根枝丫都尽显飘逸之姿。再点上几枚鲜红透亮的柿子吧。画好，往天地间一挂：天空幽蓝高远，远山含黛，古村院落，红墙蓝瓦。一棵高大的柿子树，枝干遒劲，红柿如灯。题名曰：柿柿如意。

初冬的树，是一位羁旅他乡的诗人，诉说着浓浓的乡愁。

一棵老榆树，树干上辐射出一根根细密的小枝头，如同线条画，随意拼出无数抽象而精美的图案，巧夺天工地镶嵌在空中。而每一根线条上都有均匀细密的榆圈，那是来年春天萌芽的起点。

而此时，在冬日的夕阳里，它站成了"独在异乡为异客"的诗人。在苍茫大地上、在猎猎寒风中，遥望着故乡的方向。那孤独而落寞的背影，写满了寂寥的乡愁，道尽了无尽的思念。

初冬的树，更是一位智者，豁达而智慧。

一棵高大的老槐树，矗立在村口。风风雨雨几十年，它用苍劲挺拔的庞大身躯，守护着这片热土。岁月更替，它送走了繁花似锦的春夏，迎来霜雪满天的秋冬。它送走意气风发的少年，也迎来两鬓霜白的游子。

在初冬的暖阳里，我静静地站在老槐树下，仰望苍穹。疏疏密密的树影，在我全身，书写下一行行恣意、洒脱的行草。我以敬畏之心，抚摸着沟壑纵横的树干。我屏息凝视，用心聆听，竟读懂了一代又一代人的悲欢离合，禁不住潸然泪下。

智利诗人巴勃罗·聂鲁达在《似水年华》里写道："当繁华的叶片落尽，生命的脉络才历历可见。当某一天，亲眼见到一棵落尽了叶，只剩一树枝干的树，满树的枝干，清晰，坚强，勇敢。"冬日的树，比春花更绚烂，比夏树更葳蕤，比秋叶更静美，比诗歌更有韵味。而我们每一个璀璨夺目的生命，都离不开百折千回的磨砺。

初冬，去品读一棵树吧。

杨一晨作品

第一章

幸好，有你

我最好的"闺密"妈妈

每当我的同学向我诉说委屈，觉得妈妈如何不理解自己时，我便想到了自己。很幸运，我有一个与众不同的妈妈，她是我最好的"闺密"。

作为一对好"闺密"，我和妈妈志趣相投。回想起儿时，我们共读的场面，温馨而美好。

妈妈爱读书，睡前必定要阅读半小时，才能安然入睡。在她的耳濡目染下，我彻底迷上了书籍。每到晚饭后，她都会拥我入怀，和我一起翻阅绘本。她喜欢用她的脸颊，轻轻伏在我的头顶，像生怕碰碎了我一样轻。而我一抬头，就会望见她含笑的眼眸。那时，我就喜欢一直沉溺在妈妈的怀抱里，那是最温暖的港湾。

直到现在，我和妈妈也总会坐在书房的窗边，泡一杯香气袅袅的花茶，共读一本好书。我们沉浸于书中，边读边画那些沁人心脾的优美语句。读到动情之处，两人不约而同抬起头，相视一笑。那一刻，真的是"此时无声胜有声"的美妙意境。

我最敬佩妈妈的是：无论工作多么繁忙，生活多么艰难，她从未放弃她的作家梦。有好几次，我半夜时分起床，经过书房，看到母亲正在光影下，伏案写作，她时而低头看书，时而沉思，时而双手飞舞翻飞打字……望着妈妈专心投入的背影，我的眼睛湿润了。

功夫不负有心人。妈妈的佳作屡次荣登全国各大报刊，她还加入了作家协会，成为一位优秀的作者。每到此时，她都唤我来欣赏她的佳作，骄傲得不亚于一个得到心仪玩具的孩子。此时，我心中也有鸟儿旖旎欢歌，我会抱着她的肩，用脸颊抚摸着她的缕缕青丝，内心充满了无比的自豪和骄傲。

"闺密"妈妈也是最懂我的饮食喜好的。每到节假日，我们一起研究各种喜欢的美食。有时，她亲自下厨，做的"黑暗料理"，非要让我试吃，我只好捏着鼻子做"小白鼠"，对着她期待的眼神，"真诚"地说："不错，不错。"然后看她喜不自禁地去品尝，再"哇"的一声吐出来。我忍不住在一旁狂笑不止。

实践出真知，妈妈终于摸索到了她的"美食赛道"。她擅长做各种汤，简单的食材经过几个小时的小火慢炖，用耐心和爱熬制的浓郁扑鼻的热汤，总能暖到我心底，让我记住家的味道。我在外面自然吃过不少美食，可还是妈妈做的家常菜更能熨帖我的心。记得《舌尖上的中国》里有一句："家常便饭就是山珍海味。"我想长大后，我也会洗手做羹汤给我的家人，因为我知道，我对家，对妈妈的深深眷恋，早已刻在内心深处。

我和妈妈也如闺密一般亲密无间。她乐观开朗，时常笑得如孩童般热烈而明媚。平日里我们腻在一起，偷偷吐槽父亲奇葩的审美。她还会和我一起分享看到的有趣视频和朋友圈，她是如此愿意和我分享快乐，而我也愿意告诉她我与同学之间的小秘密。我们都享受这短暂而轻松的亲密时刻。

她会利用暑假带我云游四海，戏称我是最好的"旅游搭子"，还说，以后每年都要和我一起旅行。因为，一路上我会替她背包、背水、背零食、探路。还是她耐心十足的私人摄影师呢。出门在外的妈妈，和我互换了身份，如同一个无忧无虑的小女孩，而我倒像是任劳任怨的妈妈，欣慰地看着她像快乐小鸟一样自由飞翔。那样的时光是多么美好而难忘啊！

今天是母亲节，作为她最好的"闺密"，我悄悄制作了一张精美的卡片，满心欢喜地走到她面前，红着脸说："妈妈，我爱你！"她愣了几秒，瞬间红了眼眶，然后紧紧地抱住我。

我想说，妈妈，我们做一辈子的闺密，好不好？

爱，润了年华

　　今天，朋友给我讲了一段往事：那年，她刚刚转到新学校，情绪起伏很大，认为世界一片黑暗，身边的人都讨厌她，她也不喜欢他们，所以经常哭。有一天，上数学课时，她又莫名其妙地又止不住偷偷流泪。这时，数学老师，一个不苟言笑的中年男人，走过来轻声问她，需不需要去办公室待一会儿，办公室没人；还有暖气，待一下午都没有关系。当时，她愣了好久，才说了声谢谢！朋友讲完，眼神里溢满了暖意。

　　其实，回头想想，从小到大，也有那么多无声的爱，润了我的似水年华。

　　2011年6月，我幼儿园毕业。离校的最后一天，我想尽力做到最好。午休时，我怕打扰别人休息，我想上卫生间不敢跟老师讲。结果……被子湿了一片。小朋友们都在嘲笑我，我难过得低头哭泣。项老师呵斥走众人，把我领到房间里，温柔地对我说："别怕，没事啊！"帮我换好干净衣服后，打电话让妈妈来接我。临上车前，项老师将"优秀学生"的奖状递给爸爸，摸摸我的头，笑着说："真是个聪明又懂事的好孩子。"那一刻，那明媚的笑照亮了整个世界。

　　2019年9月，我们重新组建了班级，我交到了新的朋友，我们亲密无间、无话不谈，我一直固执地认为，我是她最好的朋友，没有之一。可是，有一天，她和我闲聊，说要送给另一个朋友很多零食。少女的心马上敏感起来。我故作镇定，问："为什么不给我买啊？"她大笑道："因为我和她是好朋友，和你只不过是普通同学关系。"那一刻，我呆住了，我内心一下子无法释然。后来，我又交了好几个朋友，我们在一起共享快乐、分担忧愁。毕业前夕，我们一起拍照、写毕业相册、互赠礼物。

回忆起那段纵情四溢的时光，我不禁会为自己曾经狭隘定义友情而自嘲。那段日子，如碎落的阳光流淌在我们每一个人心间。那些纯洁的友情，会化作微风、甘露，滋润我以后的青春年华。

2021年9月，我成了一名中学生。我遇到了班主任覃老师。她在同我谈话时，会微笑地看着我的脸，仿佛我是她多年的挚友；她从不吝啬自己的赞誉之词，细心地发现我零星的闪光点，真诚地肯定、鼓励。

有一次，她教育完我后，搂着我的肩膀回教室。其实，我明白，作为叛逆期的少年，我不需要被给予的太多，只要一点点尊重、信任、友善，就可以化作我前进的动力，所以，小学平平无奇的我，到了初中却出类拔萃。因为，那份赞赏，润了我所有的年华。

《孟子》曰："爱人者，人恒爱之；敬人者，人恒敬之。"尘世间，因为有这么多的爱，平凡的岁月也如此滋润而温暖。

如果成长有声音

那不过是一个普通的饼干盒，如今积上一层薄灰。彩漆磨去，留下岁月的铁锈，当母亲把它递给我时，我一时还没认出来，我停下打扫卫生的活儿放在水边，慢慢打开铁盒"嘶啦——"。从一刹那，这一声撬开我深藏记忆深处的那一小段童年。一瞬间，我回到那个耀眼的夏天。

那年，我是学校舞蹈队的候补。谁又知道我有多想上舞台啊！每次训练，我的劲头都最足，劈叉、下腰、甩腿……哪个不是我顶着痛坚持反复练习的？每次节目排练，我都会全身心投入每个动作，想办法去揣摩每一个动作细节，可最终还是替补。哪怕好不容易被选上，也只是角落里的一个，只能围着前排队员的光影转。

我好想尽情地跳，像领舞一样甩着袖子，在聚光灯下，仿若一只斑斓到我人无法触摸的夏蝶，在所有人的赞叹声中旋转、旋转……，那些学妹学弟送来的娇艳鲜花，那些同龄女生发出的啧啧赞声，那些家长投来的欣赏目光……啊！长大后，我会不会在全世界面前舞动，成为所有人心中最美好的样子？

终于盼来这一天，一场夏雨，洗净天地，领舞却感冒请假。不巧，当时正值校庆演出，老师便选了一个新领舞——我！我感觉世界颠倒，充盈着一声声尖叫，可紧接着老师又给我了一棒——领舞的人要另买衣服！

我所有的零花钱不够服装费，找父母要，又开不了口。他们只是做着小本生意，每天省吃俭用的，一件外套洗得发白都不舍得丢掉。我怎么忍心向他们伸手要钱买舞蹈服装呢？

可我又多么不甘心啊，不甘心把这个"千年等一回"的机会拱手让人？我纠结得好几晚夜不能寐。最后，我好不容易下定决心，忸怩走到母亲面前，还没有开口。母亲就拉我去姑妈家做客了，到嘴边的话硬生生咽了回去。

姑妈家有许多糖果点心，但平日吃货的我，却提不起兴致来。我的视线一直围着母亲旋转，就在我毫不情愿地被赶到庭院里一个人玩耍时，无意间在花丛中发现一个亮晶晶的东西——一枚金耳环！

我把交给姑妈，姑妈笑得像小姑娘："还是丫头眼尖，我都找几天了！"姑妈悄悄把我拉到一边，悄咪咪地塞给我一个红包："奖励你的，不要告诉你妈啊！"

于是，我成功得到了幸运女神的眷顾，用颤抖的手打开红包：200元！我的脑袋一下炸开了花。

回家后，我躲着妈妈，悄悄探进自己的房间，把这份"财宝"小心地装入我放零钱的那个饼干盒。然后，哼着小曲，在父母疑惑的目光中上床睡觉。在梦里上，我穿上了那件华丽的领舞服，像夏风中摇曳的山茶，肆意地跳着、笑着。

第二天中午，我从学校回家吃饭，计划下午能把钱交给老师。我计算着时间，内心的欢喜溢满了眉眼，但还是从喜悦中听到了父母沉重的对话："车坏了……维修费……"父亲眉心拧成了两个大疙瘩，母亲双手抱肩，一声声叹息，一下下刺痛着我的神经。我端着饼干盒，大脑瞬间一片空白。

吃饭的时候，父母却强挤笑容，一筷子一筷子给我夹肉。我没看他们，死死盯着自己的碗，紧咬着唇。

然后，我回到房间，重新拿出饼干盒，打开时"刺啦"一声响，硬生生把我眼泪撞了下来。

那200元红包和一些零碎的零花钱，我全给了父母。之后，到学校，我放弃了领舞的位置；五年级时，我退出了舞蹈队，一心一意将时间交给书籍。

镜头又拉回现实。我望着那个饼干盒，没有伤心，只是把它擦干净，放进抽屉。

我知道，在那个蝉鸣四起、风涌云涌的夏天，有一个女孩成长为少女。

如果成长有声音，对于我而言，就是"刺啦"的一声。打开合上，"刺啦"一声，长大了。

幸好，有你

我的朋友，你又来了。或者说，你从未离开过我身边，我有太多、太多话想跟你说。

还记得第一次遇见你，是满月时抓周，无奈花花绿绿的图画太吸引人，我便一下抓住你，抱入怀中，伴随着亲人的笑声与祝福，咱俩的缘分，就这样定下了。

儿时，我常常生病，卧在床榻。望着远处的同龄玩伴嬉闹，眼眸里的光，一点点黯淡下来。但你来了，你就像一场及时雨，印在白纸上的瑰丽花瓣，点点滴滴润了我的心田，换回日子里的春光。我指尖拂过一页又一页，打开了一个新奇而迷人的世界。哪怕有太多疑惑不解，我也能跟随你，拾起灰姑娘掉落的水晶鞋、追逐夸父的炎日、凝望月间的广寒宫。你成功充盈了一个小姑娘的童年梦境，你是捧在我手心中的清风，告诉我世间从未有孤独。

你是否记得那年爷爷的离世？黑夜像一块巨石压在我心上，我一瞬间变得很小很小，缩入眼泪的潮水中。这时，我听到你温柔地召唤，那是爷爷的书——一本泛黄略带破旧的《宋词三百首》。爷爷曾是读书人，他总爱翻开这本书，晃着脑袋念给我听，"争渡，争渡，惊起一滩鸥鹭"。你像正在盛放的昙花，承载了太多过去。朋友，你教会我"但愿人长久，千里共婵娟"。我在你的风雨陪伴里，也学会了坦然面对成长路上的挫折与悲伤。

春风荡过夏花，秋果迎来冬雪。如今十四年载，如今因为你的循循善诱，我在写作领域不停向前迈进，获得不少奖项。当我笑着向你挥舞奖状时，你却垂头含笑，波澜不惊。我的朋友，你从不为是否为人关注而喜悲。我放下奖状，慢慢捧起你，回到无数个云卷云舒的午后，伏案苦读。仿佛一瞬间，时间停止。我感觉自己的心一下变得很小很小，又很大。在你身后，我仿佛又能探索到"古仁人之心"，也彻悟到：一时的荣誉不足挂齿，唯有把目光放得更远，路方能走得更长。朋友，你是历史长河中的锦鲤，有你，才有德有谦。

暑假里，我看了纪录片《但是，还有书籍》，不止一次为那些被书滋养的人所动容。导演说：生活是一颗随时爆炸的原子弹，阅读是一座随时携带的避难所。生活繁杂、喧哗、吵闹，一地鸡毛，但是还有书籍。

我紧紧握住你的手。我知道，信息时代的浮躁，阅读者越来越稀缺。朋友，你陪我十四载，换我来为你争得一片净土。我会将这份情义细细酿造，等到真正春暖花开，再细细品味，必会清香缠齿。

朋友，我的书籍朋友，我的生活充满浮华。但是，有你。幸好，有你。

用什么听海

姐姐曾爱上录音，不知道她从哪里知道的"大自然的声音能助眠"，她开始热衷于录鸟声、风声、雨声……那些悦耳如精灵般轻柔舒心的乐声，确实能让她的夜晚多点乐趣，为此，她还特意买了一套录音装备。

有一次，为了庆祝姐姐的生日，我们全家去海边玩。海风醉暖，海面浮光跃金，鸥鸟飞翔，充满诗情画意。

姐姐拿出了她的录音筒，带我去寻大海的声音，奈何杂音太多，她皱眉不展。忽然，一个塑料瓶滚到她脚旁，我抱怨道："谁呀，真没素质。"姐姐却笑了，捡起来说："正好，试试它能不能收音。"她剪下瓶子底部，套在话筒上，录下来，带回去听。但我看着塑料瓶，看它和这蓝天大海竟如此格格不入，让人顿生厌恶感。

不一会儿，姐姐脸色难看地找到我，让我听听刚刚的录音。"真是个噩梦。"她咬紧嘴唇说。当我点开播放后，立刻体会到了姐姐的心情。那种声音实在难以形容，就好像大海在悲伤地哭号。

"我用塑料瓶收听到大海的声音，却只听到大海的悲鸣。"姐姐好像在自言自语，将塑料瓶丢进垃圾桶，我的心被狠狠地揪紧，一瞬间停止呼吸。

报纸上曾说：2016年据联合国统计，世界上每秒就会有200千克的塑料倒入海中，你能想象吗？在蔚蓝的大海中也会有无数黑红白的塑料袋飘荡，缠住海豚的尾部，使它们无法动弹；扼住小丑鱼的咽喉，珊瑚海沦为"白色地域"。对我们而言，可能只是随手一抛的事，可就因为人类这种不经意的行为，才扼杀了那么多无辜的生命。

你听到吗？你听到大海低微地呜咽，鱼群的痛苦化成泪水浸染了整片海域。是的，你听不到，你已听不到在钢铁森林任何一声鸟鸣，河旁已没有动听的蛙鸣、蝉鸣，甚至连风吹过树叶的声音，也越来越少了，我们怎么能容忍，再有澄澈的蓝色、绿色彻底消逝我们眼前？我们的地球村的居民，真的只知索求不知给予吗？

是蓝天给了我们眼睛，阳光给了我们微笑，绿草给了我们愉悦，我们应该从细节做起，请捡起脚边的纸片，花几分钟学会垃圾分类，选择自行车出行，不用一次性餐具……我们能做的真的很多，只是弯腰、伸手，便能点燃千千万万盏绿色的灯。

下午，我和姐姐都放下玩乐，一个人拿一个纸袋，去"收购"沙滩上的白色垃圾，劝阻其他游客不要图一时之意乱扔垃圾，我和她都感到前所未有的充实。回家之际，我回头望望，微凉的风萦绕在我耳畔，我再次听到了属于大海的声音，哗啦、哗啦——美妙而悦耳。

这不是悲鸣，是爱，欣慰地笑。

我希望，它能一直这样笑。

我想养蜉蝣

蚊子能活4个月，蝴蝶能活11个月，蚂蚁能活20多年……而蜉蝣的生命仅有1天！我想养蜉蝣，我想陪伴它度过短暂、快乐的时光，见证它顽强、壮美的一生！

这是一只新出生的蜉蝣，它轻轻地落在指尖，我能感受到它微弱的颤动，它是如此美丽动人。全身金黄，细腰长腿，轻纱般的羽翼，柔软细腻。"亲爱的，你真美！"它受到鼓舞般，微笑着振动双翅翩翩起舞，如同精灵一般。我也随它尽情旋转、尽情笑、尽情疯，我们是那么快乐！我累了，它也累了，它停在我肩膀上休息，天真蓝，风真轻！

它或许真的累坏了，停留在我的指尖，一动不动。"亲爱的，你怎么了？"我看见它在努力挣扎，它在蜕皮？它那么用力，那么痛苦，似乎用尽了全身的力量，但它一直没放弃，顽强拼搏。终于留下一个洁白的轻纱。它飞起来，更加美丽动人！

日光渐渐沉没。它要飞走了，一步三回头，亲爱的，别走！它回来，又飞走，回头看我，我明白了，跟着它奔跑。无边的河边，那么多美丽的身影，看到它来，蜂拥而来，围着它跳舞，我知道它在完成一生的使命：繁衍生息。

无数只蜉蝣在努力绽放它们曼妙的舞姿，我从未见过这么优美的舞姿，我眼眶湿润了，心灵震撼了！不一会儿，它们就在河面上到处漂浮着。而我看到了一个金色的小精灵仍在河边努力地飞舞。亲爱的，快点回来吧！

夜幕低垂，它回来了，它已经没有力气了，它躺在我的手心，像一朵棉花。它的生命走到了尽头。它用爪子碰了碰，然后，闭上了眼睛，它脸上温柔安详，还带着浅浅的微笑。我的泪珠大颗大颗地落下……亲爱的，谢谢你，让我陪伴你一生！

亲爱的小蜉蝣，我养了你，你却没有吃我一点东西，我本想陪伴你度过美好的时光，你却给我无尽的快乐与思念。我终于明白：一生不在于长短，而在于是否有价值，有意义！珍惜时光的人将会得到永久的美好和快乐！

藏在童年里的父爱

童年时光如浩瀚无边的大海，总在不经意间浸润我的心田，因为那里面藏着深沉的父爱。

童年时光藏在父亲宽厚的肩膀上。儿时，每次出门游玩，没走两步，我就可怜巴巴地拉着父亲的手撒娇："爸爸，我走不动了。"父亲马上心领神会，笑着说："好吧，我的小公主！"说着，蹲下身子。我立刻眉开眼笑，麻利地爬上他宽厚的肩膀上。等我坐好，父亲便站起来，大声喊："坐好了！出发了！"说完，他用双手牢牢抓着我，飞快地向前冲。我紧紧搂着他的脖子，咯咯笑个不停。感觉自己真像一个小公主骑在马背上，驰骋在辽阔的大草原。跑累了，我就坐在爸爸肩膀上，看天上的云朵如棉花糖般洁白而轻盈，似乎一伸手就可以扯下一朵。而手里的彩虹棒棒糖，舔一口，真甜啊！那一刻，我感觉到无比的幸福。时间啊，你能不能慢一点啊？

童年时光藏在我和父亲的欢笑声里。父亲最喜欢对我说的话是："自己去试一试！"为了写观察日记，父亲让我种大蒜、捉蜗牛；为了做泥塑，爸爸让我玩泥巴……有一次，为了写作文《一件有趣的事》，父亲带我去抓鱼。我们穿着短裤，光着脚，站在清清的河水里，一人手拿一个网子，低着头，专心寻找。鱼儿游过来了！我手忙脚乱地用网子网，鱼儿太狡猾，瞬间就溜走了。好不容易一条鱼儿上网了，我大声炫耀："爸爸，鱼！"父亲立刻冲我竖大拇指。看着小水桶里的"战利品"，我心里美滋滋的。金色的阳光洒在水面上，我和爸爸互相泼水戏耍，我们的欢笑声随小鸟一起飞得很远很远。

童年时光藏在父亲制作的秋千里。父亲带我去游乐场玩一次，我就对那里的秋千念念不忘。父亲说："我给你制作一个秋千，绝对不比游乐场的差。"我对此半信半疑。

父亲说到就做到。他在院子里打了两个又粗又高的树桩，又买来结实的粗绳索，系在两个树桩间。第二天，他在废品站淘来两个废旧轮胎，在上面画上卡通图案，再把轮胎用绳索系好，最后铺上软软的抱枕，两个秋千就做好了。父亲先坐上去荡了几下，笑着说："很好，稳稳的。"我迫不及待地坐上去，父亲站在身后给我摇绳子。我坐在秋千上荡来荡去，任身心自由放飞，我仰望天空，看到瓦蓝的天空、雪白的云朵，感觉自己也飞到天上去了。我尽情地喊叫，父女俩的欢笑声也荡上了九霄云外。

记忆里的童年时光啊，藏着我的欢声笑语，也藏着满满的父爱。

三代端午浓浓情

"五月五，是端阳。门插艾，香满堂。吃粽子，撒白糖。龙舟下水喜洋洋。"唱着欢快的歌谣，端午节到了。

五月五那天，姥爷早早就忙碌起来，洗粽叶、淘糯米，还准备好了红豆、红枣、鲜肉、咸蛋黄等食材。一家人围坐在一起开始包粽子了。

包粽子的场面温馨而快乐。姥爷不禁感叹道："现在的人真是幸福啊，我小时候连粽子都吃不上。"我忙好奇地问姥爷小时候是怎么过端午的。姥爷的目光望向了五十年前的端午节：

"那时我们家里贫穷，粮食少。每年端午节，能吃上白面馒头是最大满足。你太姥姥是一个要强、勤劳能干的人，无论如何，她都会让我们过一个像样的端午节。

"芒种时节，小麦都收割完了，太姥姥就带我们去地里捡麦穗，搓成一小袋麦子。端午前一天，她背着去镇磨成面粉。第二天一大早太姥姥把面粉发酵，揉成面团。我们姐弟五人围坐在灶屋里，盯着锅上的蒸笼，热气慢慢蒸腾，麦香扑鼻而来，几个人都馋得直咽口水。终于开锅了，每人分到一个拳头大小的白馒头，都舍不得吃，捧在手里闻了又闻，直到太姥姥说吃吧，我们才轻轻咬一小口，细细地嚼啊嚼，太甜了，都舍不得咽……多少年过去，我梦里都是馒头的香甜，那时真幸福啊！"姥爷一下子无语凝噎，浑浊的双眼里竟闪现出晶莹的泪花。

妈妈见此情景，忙笑着说道："我小时候过端午，可幸福多了。"妈妈的目光也回到了三十年前的端午节：

"我小时候最大的奢望是吃两个糯米粽子。你姥爷一大早就用自行车驮着我到集市，我百米赛跑般冲到粽子摊上，花一元钱买两个糯米粽子，粘满晶亮的白糖，你姥爷就看着我大口大口地吃，那叫一个甜啊！

"回到家，院子里的石桌上就摆满了美味佳肴。热气腾腾的包子、馒头，煮好的大蒜、鸡蛋、咸鸭蛋。新鲜的大蒜，煮熟后吃起来软糯清甜。咸鸭蛋是用草木灰和盐水腌制的，剥开一点皮，直冒黄油。每次，我都先用舌头舔红黄色的油。"

姥爷打趣道："那时候都把你宠上了天，好的都是你第一个吃，谁也不给你抢。"妈妈笑红了脸，满脸得意。

她接着说："端午节小孩子还要佩戴香囊。你太姥姥心灵手巧，她用五色线缝制成小布袋，装上艾草、金银花、菖蒲草等草药，用绳子系好，挂在脖子上，有浓郁的花草香，可以驱蚊虫。而且小孩子的手腕、脚踝和脖子上都系上五色线。我们都被打扮得又香又美，出门找小伙伴去炫耀。"妈妈说着，咯咯笑个不停。沉浸在童年的快乐时光里。

不知不觉，我们包完了两大盆粽子。中午时候，姥爷和妈妈准备了一桌子美食。不仅有粽子，还有红烧肉、辣子鸡、桂花鱼、啤酒鸭、麻辣龙虾……满满当当一大桌，祖孙三代一起举杯同庆，笑语晏晏。我骄傲地宣布："我才是三代里最幸福的人！"大家望着我，开怀大笑。

三代端午，三代温情。端午节，是中华民族的传统节日，也是民族文化不可缺少的一部分，它不仅传承着民族文化，浸润着历史的气息，更见证了祖国的日益繁荣昌盛。

我在红船看日出

我身处浙江嘉兴南湖，等待一场久违的日出。

水波荡漾，微动涟漪，诉说风的形状，远处，泛青的天空溅出几缕金光，衬着缥碧的湖水格外恬静，像古人诗里的江南女子，浅笑着，无论它曾经历过什么。

我在天光中望去，隐隐约约望见一艘看似平凡的红船，却在悄无声息地策划一件惊天动地的大事，我的思绪随着历史长河回溯，定格在1921年7月。

一颗颗炽热的心脏，捧进船舱一群谱写历史的先锋，在晨雾中举起右拳，像撑起一片日光，坚定地轻呼："中国共产党万岁！""嘭！"一颗信念的种子埋进湖底，埋进革命心脏，埋进动荡的中国。

这是一条全新的路，更意味着黑暗迷茫，但他们的眼睛如此明亮，像在燃烧，前方布满荆棘，可革命道路只会吓退胆小怕事之鼠辈，我们的先烈义无反顾去摸索前行。他们要为中国人民、中华民族升太阳、寻黎明，哪怕注定消亡，哪怕无人关注。

静寂的天空被一道橙光划破，赤红的太阳徐徐升起，亮光浮上波纹，整个湖面如宝石璀璨，我的黑瞳一下变得五彩斑斓，空气的温度上升，暖人心扉，我眯起眼看太阳，仿佛烈士们炯炯有神的双眸。

也许夜未免太长了，雨未免太大了，但他们是从混沌中睁眠的盘古，开天辟地，只手撑天；他们是奋力追日的夸父，哪怕倒下，也化作桃林，造福百姓。

公鸡啼叫将我拉回现实。岸上，老人组队打太极拳，孩子背着书包，结伴嬉戏打闹着上学，游客们对着南湖拍照，啧啧称赞，每个人脸上都洋溢着幸福的笑。

啊，那颗种子已开花结果，太阳的光芒让人民当作歌谣般吟唱。

我身处浙江嘉兴南湖，望见一个红艳艳的太阳，光芒永驻神州大陆。

我们的英雄住在太阳里。

而我们永世不忘。

向阳春常在

今年的冬天格外的冷，格外的。分明没有狂风暴雪，寒意还是一阵一阵的，弄得房间跟冰窖似的，再加上我天生俱寒，就更烦了，分明在放寒假。

我小心翼翼地伸展手脚，无意间碰落了桌上刚发的演讲比赛的"参与奖"，我心头窝着团火，选择无视。我慢慢地直起身，想拉上窗帘睡上一觉，逃避今天的伤心事。

可这时，我注意到楼下有一扇半敞开的窗户。这么冷的天？谁呀？好奇和疑惑让我凝望着它好一会儿，直到一道悠扬清脆的歌声打破我的思绪。

是一个小女孩的歌声，很明显，她只能记住调子，毕竟她的歌词只是简单的"啦"，歌曲是耳熟能详的《春天在哪里》，一段词她能重复好几遍。但是，她的歌声好像欢快到每个音调都在拉着寒风舞动，她像要唤醒春的雀跃，让冬暂停。真有一种"只疑春色在邻家"的感觉，

之后好几天，她都在唱，唱几分钟就会缓下来，大抵是累了。而我会停下手头的事，认真地听这或许只有我们两个人的演唱会。

后来我丢垃圾，还真遇到了她，她裹得严严实实的，用心扎的童花辫，被一位老奶奶紧紧牵着。看见她脸上浅浅的笑容，不停地叫："奶奶，奶

奶……"向来不与陌生人主动交谈的我，心一横，开口道："那个……我听到你唱歌了。"

她和奶奶扭头，用不同的目光看着我。我紧张地扯出一个笑："你唱得很好听。"

她一听，小脸顿时明媚起来，脆声道："谢谢姐姐！"然后，拉着她奶奶一蹦一跳，跑开了。她的奶奶则一边扯着她嘱咐她慢点，一边回头送我一个舒心的笑。

我回到书桌上后，才发现自己也一直在笑。但难过随之而来——为她那清澈如一潭湖水，却没有波澜的眼眸——没错，她是个盲童。

同时，我又如此欣喜，像发现宝藏。我把"参与奖"拉起来，抖抖灰，放在我专门放喜欢作品的文件夹里，然后写个黄色便签：向阳花木春常在。郑重地贴在书桌上。

是的，花已种下来，还愁没有春天吗？

我要自我，不必正常

我迷路了。

也许在旁人看来，我是该笑就笑，该玩就玩，对老师的批评一脸无所谓。但自己一个人静下来的时候，却只想缩成一团，哪怕在课堂上，空想的次数也多到数不过来。

回头，昏暗一片，伸手不见五指的黑；而我，只有恐惧，恐惧像群蚁一般慢慢噬咬我的精神。

不对呀，我明明向山顶攀登着，向着荣誉奋进着，但现在为何越来越走下坡路了呢？

我深知自己在用想象堆积快乐，但现在我不得不面对现实——我并非优秀；反之，还相当差劲。

没有伤心，没有恼怒，没有厌恶，只有恐惧，我后退好几步，失足摔了下去。

睁眼时，一圈光晕落在我眼中亮得刺眼。我扭头，看见一个女孩向我款款走来，那是"我"——初一时的"我"。一看便知，哪怕我躺着。

那个"我"笑得花枝招展，伸手想拉起我，我则先一步站起来，失落羞愧、愤怒、烦躁……种种情绪汹涌而来。我想扭头就走，想冲她大吼，想坏笑地告诉她今后的遭遇……

但我最终，只是拉住了她，颤抖的声音脱口而出："帮帮我，我知道你有办法。"

她轻轻摇了摇头。

"为什么？"我压下心中慌张，"我让老师失望，欺骗父母和同学，你考了年级第一，我可以退到五十名开外，你也是我啊，就算为你着想……"

"不！"她打断了我，收起笑容，"过去怎么能代表现在呢？我无法选择未来的定数，但我知道现在的自己是什么样。爱笑，爱读书，爱运动，爱自由……这都是你，人像拼图，多块拼图才造就了你。"

"你并非一定要伟大，也并不平庸。你现在遇到了挫折，这过程难熬，但终会过去。而你现在只需相信你自己，因为你既然达到过我的程度，说明你并不差。"她又露出灿烂笑容。

我心中的乱麻一下一下被扯顺，我的心一下被抚平。我听多了心灵鸡汤，但是……

我向她伸出手："我需要帮助。"

她的笑容更加灿烂，直接走上前拥抱了我，那种轻盈又温暖的感觉让我失神。待我回过神来，只见指尖有淡淡流光掠过。

我把它捏在手心，摁在心口——重新上路了！

我自己，也能行

夜，沉闷闷的，我垂头丧气地爬上床，可无半丝困意。

我仍在为刚才的事犹豫不决——为什么父母不让独自参加夏令营？我都十几岁了不能自己做主吗……可是，万一我遇到突发状况了怎么办？我能独自面对吗？我从来没有独自出过远门……想着想着，困意忽然像海啸般袭来，我进入朦胧的梦境……

在漫天飞雪中，一株梅花树独自伫立盛放。不过，在一片艳红中，一朵花苞还在含苞待放。它扬着圆鼓鼓的小脸，激动地呐喊道："我要开花！我要开花！"可那嫣红的花瓣像柔弱的蝉翼不断地承受寒风的击打。我怜悯它，想伸手拨开它的身体，可它诧异："你是谁，要干什么？""我来帮你，你承受不住风的摧残。"它沉吟片刻，突然爆发出银铃般的笑声，斩钉截铁道："区区寒风，只会促使我开得更美，带我香气飘向千里了。谢谢你的好意，但我自己，也能行！"说完，它在枝头上努力抖动，一瞬间，绽放出的灿烂笑容，令周围一切黯然失色。

我惊醒了，望见满天星斗，夜黑如墨，又睡去……

"草长莺飞二月天，拂堤杨柳醉春烟"。蔚蓝的天空上，飘动着五彩缤纷自讨无趣、形状各异的风筝，它们嬉笑游弋，一派热闹。我手中的老鹰风筝也欢快地飞来飞去，甚至瞄准太阳打算冲上云霄。可被尾部的线猛地拽回去，它惊讶："为什么不让我走？我还要见东海的波浪、北国的白雪，西的沙尘、南岛的椰林……"我叹息："不，你不能忍受旅途上的磨难的，你会被荆棘划伤，被鸟儿啄伤。有美景，我带你去看，何必独自冒险？"它沉吟片刻，忽然大叫道："不！我知道你为我好，但没有冒险的人生，如同没有风浪的海洋，索然无味，相信我，我会在挫折中学到更多，我自己，也能行！"说完，它拼尽全力扯断白线，向阳光照射的天穹，远去……

我又惊醒，望见天光射进屋内，黎明已经到来。我细细品味刚才两个梦，下定决心，套上衣服冲出房门，正好看见正在做早餐的妈妈："妈妈，我想参加夏令营，一个人去。我相信，我自己，也能行！"

我看到妈妈眨了眨眼睛，露出欣慰的笑容："我的孩子长大了。"我也笑了，像晨曦初现天际……

分你一朵阳光

是什么无意闯入我的梦里，是春风？是晨露？还是星辰？

啊，都不是，是一朵，一簇小小的阳光，笼罩着我，一阵暖意涌上心头。

清晨，一束阳光牵引着我，翻看记忆之书，回到那般充满香气的时光。

那年盛夏，我上初二。开学时，我们学校收了一批乡下来的转校生，芬就是其中一个，就这样唐突地进入我们班。

或许是由于自卑和腼腆。课间，她只愿捧着本小说，脑门上顶着"勿扰"的大字。课外活动，她也躲得远远的，眯着眼望着我们。我们拿她没办法，你跟她说话时，她一直低头不语。

可在一个春日，一簇花拥进了我们的教室，花背后的主人，就是芬。她黝黑的脸被金色的雏菊亲吻着，露出别样的风采。

还没等她回到座位上，同学们就围上来，问东问西。芬莞尔一笑，脸上像染了两团火烧云，慢吞吞地道出真相。

原来，是她的邻居——一位古稀之年的老太太，被儿女安置在乡下，她养了一院子的花都盛开了，就送给了芬。

我们一下笑开了。这样揉碎阳光般的花，携着女孩小心翼翼地心愿，谁不爱呢？芬更不敢看我们了，侧着脸将花一朵朵分给我们，以花为媒介，孩子们的心打开了，青涩地碰撞着。

之后接连几天，芬都像报春的仙子，捧着花降临。我们抱着最大的热情，争着抢着要最香、最艳的那朵。啊，春日的风，融化了陌生的冰墙，拂过每个人的笑颜。

后来，哪怕没有花，我们也会笑着与她道早安，芬则回以灿烂的笑容。她的话多起来，她的表情丰富起来。我知道，一定是因为，她在自己心里也放了朵花。

此刻，我真心祝福她。我相信：如果她愿意以真心换真心，生活定会回报她灿烂的阳光。

因为这个世界的无数平凡的人，虽经历过无数次深渊巨浪，但仍能充满希望与关爱。不就是因为他们愿意分一朵阳光给别人吗？

加点珍惜，调出生活好味道

"亲爱的孩子，欢迎来到生活面馆！"一位身着长袍、面目慈善的老人笑着将我引进一间小木屋，木屋里没有什么新奇的，但已有一碗热气腾腾的面等着我品尝。

我迫不及待地举起筷子，品起面前的美食。可吃着吃着，总觉得少了一样东西，但我不知自己是否该开口询问——"生活面"的特色就在于，你永远不会知道自己吃的是什么味道。

一旁的老人却突然变戏法般拿出几瓶调味剂："你可以选择一个加入你的'生活面'中。"但花花绿绿的瓶子真令我眼花缭乱，于是我盲选了一瓶，它的名字叫珍惜。

"它会是什么味道的呢？"我问。

"你觉得它会是什么味道呢？"老人又露出神秘的笑容。

珍惜，会是酸的吧，曾经看到《老人》杂志调查：你这一生最后悔的事是什么？发现竟有80%以上的60岁老人选的是：年轻时没有努力，现在碌碌无为。一开始我并不理解，毕竟身边的人似乎都在快节奏地生活，似乎都在一个跑步机上不停追，他们好像都在好好充盈自己的生命，可是又忽略天边的云霞、亲人的陪伴，只顾走得更高更远。

这没有错，但珍惜最重要的是"出淤泥而不染"，能在喧嚣的人世，守住自己的本心，珍惜孩提时的纯真，不因长大把天马行空的想象力锁住。珍惜对万物的怜悯，不因趋众而做旁观者；珍惜批判思维，像《皇帝的新装》里的男孩，不因挫折打击而磨灭对不公的探索……

如此一来，珍惜的味道在舌尖流转，像酸味外皮的糖果有甜蜜夹心，化作浓浓的甜。千万别因为外皮的酸而吐出它，这过程很难熬，但最终的清香会很甜。

《翠鸟》中写一只无意闯入作者的院落，啄掉一朵花的翠鸟。作者却觉得这是一个令人惊喜的时刻，"花不会只开一次，而一只翠鸟闯入院子的机会却只有一次呀！"珍惜是智者叩向成功的大门啊！我边感叹，边将"珍惜"调入"生活面"，又开始大吃才起来。

一旁的老人笑眯眯地问我："味道还好吗？"

好，好极了。

出发

"好了，孩子，你准备好出发了吗？"上帝正慈爱地对一个将降临人世化为婴儿的小天使问道。

可小天使并没有回答它，而是低头陷入沉思，翅膀也静止不动了。

"你怎么了？有什么问题吗？"上帝关切地问。

"亲爱的上帝，是有一个问题。"小天使仰起头，眨着大眼睛道："在您给我的人生剧本中，很少有好的结局，无论有多深的恩情，最后都会离我而去。像小学、初中陪伴我的同学，一起欢笑奋斗，最后还是一分开就杳无消息。或是对我如此疼爱的奶奶，还是在一个春节过后，只是摔了一跤就离我而去。还有我的爱人，也因车祸去世，甚至是我养过的小狗，都没法一直留在我身边……请告诉我，如果结局注定不美好，为什么要出发呢？让我遇到那些人和事，经历生死离别的痛苦，到底为了什么呢？"

上帝静静地听完天使的疑惑，露出了会心的笑容。他语速放慢，先是抛出几个问题："你的想法很好，但先想想：和同学相处的年华中，你是否收获纯真的友情？和奶奶共度的时光里，你是否因被宠爱而感到幸福？和爱人相伴的日子里，你是否感到浪漫温馨？而小狗是否给你带给你太多欢笑？"

小天使认真地点点头："都有的。"

"那么，这就是出发的意义呀。"上帝眼睛眯起来，笼罩在圣光中，"无论结局如何，你都曾收获到笑容与鲜花，都能遇到这么多爱你的人和物，如果不出发，你将永远不会知道世界多么大，阳光有多温暖，风有多凉爽惬意。"

"如果，我收获的是挫折和痛苦，也同样值得吗？"

"当然，挫折并非深海猛兽，而是修炼身心的刻刀。你要学会面对它们，将挫折转化为温室中不曾有的勇气、坚强、不服输……这样，你的人生更加绚丽多彩，你的潜能会更多地激发出来。孩子，我希望你能现在就出发，去收获晨曦与星辉，去品味生命的欢喜与坚韧！"

"我明白了，我现在立刻出发。再见，谢谢您！"她对上帝挥挥手，转身隐入一片洁白中。

永不停息的心脏

　　我一直是个很散漫的人，至少在初中之前。父亲是极其看不惯我的做派的，他总对我说："多动动，多想想，不要像只蜗牛，只知道蜷缩在家里，小心发霉。"

　　我虽口头答应，但就是不行动，转头就忘了。我的小学生涯可谓异常迷茫，先是眷暖念香，只想卧在大床上，什么事都丢给明天。然后呢，考试后对着惨不忍睹的成绩单一番"忏悔"，天天琢磨着"小纸条"、心灵鸡汤和励志语录放在书里、书桌上，最后还是全扔进垃圾桶。久而久之，形成恶性循环，难以自拔。

　　一次，那些小纸条被我同桌看见，她说："我也给你写一条吧。"她写道："要立长志，不是常立志。"一瞬间，我有一种秘密被人揭露，曝光于太阳下的感觉。像毛毛虫作茧，却被人发现并非打算成蝶，不过是怕经历外面的风雨，当逃兵罢了。

　　一种羞耻心在我身体里萌芽。后来，语文背诵课文要家长签字。父亲不仅签了自己的名字，并在书的扉页上写下：天道酬勤。我直愣愣地看着这四个字。父亲盯着我，忽然抛出一连串问题："昼夜为何更替？四季为何流转？

公交车为何人多，尤其是早班车？班上的学霸为何不停止学习？老师为何从不缺课？"我哑口无言，随后追问："那么，为何奔跑时脚步不停止？人生为何想象一场马拉松？"父亲笑了，"因为，大家都有一颗永不停息的心脏。"我反复斟酌这句话，恍然大悟。

现在，我在初中课堂，听到生物老师讲"生物进化"，就想到那"永不停息的心脏"，是的，自然界是，人也是。花儿四季轮回，不停地绽放，展现万紫千红的美景，连飘落的雪花，也用舞蹈展现尽的生命力。

谁没有一颗这样的心脏？司马迁游各地，收集资料，最后哪怕入狱，也笔耕不辍，才有史家之绝唱《史记》的问世；《呼啸山庄》的作者艾米莉一生与贫困和苦难作斗争；鲁迅弃医从文，救人民于危难之中……心，如火，火燃不尽，足以形成燎原之势，生生不息，永远随着世界的脉搏跳动，只有死去才失去活力。我们在路上，我们的脚步从未停下。

人生，长如太阳，周而复始；短如蜉蝣，朝生暮死。我们都是平凡人，但你是否肯不遗余力地燃烧自己，让自己融入那璀璨的世界呢？我们都不是小说主人公，不美、不慧，不可能随随便便成功，不可能不努力也能轻松拿出好成绩，但我们真真切切地活着。没有伞的孩子，更要努力奔跑。

恣意地冲吧！如烟花般的少年，带着你那颗永不停息的心脏。

充满香气的灵魂

还记得10岁时，奶奶生病住院，一大家子都去看她。而在这满目苍白、消毒水味贯鼻的医院里，竟能有幸遇见一种芬芳，伴我成长。

她是个可怜人，所有人都这么说。不过30多岁，就不幸患上乳腺癌，被手术和药物折腾得伤痕累累。第一次见到她，她的脸苍白如白纸，瘦弱到好像风一吹就能倒；头发更是因为化疗一根不剩。

她又是这么温柔，每次见到我都会笑着递给我一颗糖。她的眼里仿佛盈满了化不开的春风，让人舒适、安心。不只是我，她给所有人都是这样的。她乐意扶奶奶去上厕所，教她怎么打视频通话；她会给照顾她的护工微笑致谢；她耐心地给生病的孩子讲故事……妈妈曾向我感叹，这位阿姨真是医院里的一大奇迹。我同意，被世界痛吻的人，能笑得如此灿烂，真是不易啊！

一天，我们发现她胸前别了枝白玉兰，她的眼里也反射出夺目光彩，高兴地告诉我们："这是儿子送我的。"可是我们从未见过这个所谓的儿子。一打听，她才缓缓道来自己的身世：原来，她儿子在很小的时候，和小伙伴玩耍时，被小刀划伤了眼，右眼失明；而丈夫则因病早早去世。她仿佛是上帝的出气筒，集万千苦难于一身，可她又是这么美，喜欢在病友前唱歌、跳舞。动作虽笨拙，但她的眼睛那么明亮，身骨那样坚韧。

是的，苦难便是她的华服，微笑便是她的配饰，尽管她的身躯千疮百孔，但她的灵魂闪闪发光，充满香气。我相信，她就是一朵行走的白玉兰。

书上说：一种香港的美人茶，清香能传千里。而之所以这么香，是因为在茶叶的成长中，总被蚊虫叮咬、摧残，而正是因为这样的折磨，才让茶分泌出一种极香的物质，包裹全身。

每个人的世界都是有裂缝的，像被打碎的晶球，但正是因为这样，才会有光透进来。而这位阿姨，甚至愿意把收获的阳光分给他人，这不正如那美人茶吗？

我想，在这悠长的人生中，正是因为有这些充满香气的灵魂的存在，才能春暖花开。而我，也愿将苦难化为磨志，在它的锤炼下，让灵魂雕刻成最坚强的模样，让灵魂充满芬芳。

苔花如米小，也学牡丹开

　　诸位想必都听过这样一个故事：爱因斯坦小时候不学习，天天和伙伴们玩闹。有一次，他钓完鱼回家，父亲问他："为什么你考试没及格？"他不服气："杰克和马诺不也没及格吗？"父亲听到这话，便给他讲了一个意味深长的故事：两只白猫扫烟囱，一只身上沾满烟灰，另一只却没有，脏的那只看见伙伴干干净净，便也以为自己干干净净，而小镇上的人看见它都嘲笑它，它连忙去湖边一照——原来自己黑得像炭。

　　小爱因斯坦，羞红了脸。父亲语重心长地对他说："以他人为镜子，是看不清自身的优劣的，唯有正确看待自己，长短互补，才能闯出自己的一番天地。我相信你是聪明的，只是没有意识到要去表现自己聪明。"从那以后，小爱因斯坦努力学习，最终成为一位举世闻名的科学家。

　　没有人不可以发光发亮，没有人一出生就注定平庸，没有人只能做他人的陪衬。每个人的生命都是一枚等着精心打造的石头，有无限的可能，问题是，你是选择与别的石头混于尘世，还是努力打造自己最终雕琢成一块璞玉。

　　或许，你可以经常看到那些因外界环境影响而变平庸的天赋型选手，或你自己也在失败后，自卑地想自己一辈子都没法出人头地。但人生来不过是一张白纸，看自己渲染描绘，你要学会发现自己的优势所在，学会欣赏自己，善于发现自身的闪光点，而不是习惯将弱点作为镜子，让心里蒙上一层灰。

林肯竞选总统时，对手曾讽刺他不过是鞋匠的儿子，他不恼不怒，淡定地说，谢谢。是对手让自己记得自己是个鞋匠的儿子，可又如何呢？林肯最终成为美国总统，没人会关注他是否出身卑微。而我们，都是一颗耀眼的钻石，但到底是将光彩展现在阳光下，还是视作难看的棱角？

上帝是公平的，他总是在关上门时给你留一扇窗。而我们应该欣赏窗外的风景，学会欣赏自己，找到自身的价值。在属于自己的海洋上，撑起自己的风帆，乘风破浪。

"苔花如米小，也学牡丹开"。亲爱的少年，愿你在时代的喧嚣中坚守自我，做一朵洁白的苔米，不彷徨、不惆怅，带着自信的微笑，奔向彩虹、奔向朝霞！

我向往，梅花一样的人生

　　我不由得停下了脚步，是谁在院子里种下梅花？不知不觉中，它竟已长得如此秀美在漫天白雪中，默默绽放生命。

　　我无法形容这种心情，比惊艳更加令人澎湃。那直击心灵深处的殷红张扬着、跳跃着，甚至冒出一丝似有似无的幽香。梅花无疑给这冰天雪地增添了几分生机和妩媚。在雪色的反光中，我仿佛看见了一位曼妙女子，披着红装，眉眼含笑，化了落絮，凝了朱红。

　　但奈何行人匆匆，忽视了这一树盛华。可它并不在乎，只顾一人含笑风中。我想，它是为何开放呢？是为了它自己呀！它能在寒冰中积蓄力量，在狂风中挺立枝干，只为一刹那的美丽，绽放给自己看呀！

　　啊！我多么向往，梅花一样的人生！在漫天冬雪中，只有它"凌寒独自开"，可它并不孤独，它有满腔热血，凝聚于一抹抹嫣红上，坚定着：活下去，好好地活下去。有了这股奋进的生命力和勇敢，执着的信念，才有了"待到山花烂漫时，她在丛中笑。"它知道，在命运的赛道上，它是胜利者。

　　而我们初中三年，怎不会有被命运击倒在地的时刻呢？以至于高中、大学，步入社会，都免不了要单枪匹马与挫折相战。而我希望，能有梅花一样顽强的精神！就算被迷雾遮住了，又怎样？要相信，是金子，就该发光发亮！少年意气发，一腔热血，怎能只因小的挫折而退缩？我们正值青春盛夏，唯有奋斗，才会在旷野中开辟出一条属于自己的新路。

我如此向往，梅花一样的人生！也许花期短暂，但风会记得一枝梅的香，若没有梅花愿意在冬天盛放，又怎会有千古圣贤一直吟唱它的美："梅须逊雪三分白，雪却输梅一段香""零落成泥碾作尘，只有香如故"……

是的，我们应拥有梅花的一身傲骨，又能散发缕缕清香。也许一次的挫折，会使你迷失方向，但记住，你是你自己的灯塔。趁青葱年少时，以心绘前途，以拼创梦想吧！

我向往，梅花一样的精彩人生。

重拾冬天

烈日炎炎，整个校园像是火炉子，要把人烤化，空气不安地晃动着。我用手不停地在脸前扇动，内心烦躁异常。

手上，紧紧握着刚出来的体育成绩——毫无疑问，又是跑步拖后腿，我分明是高大身材，却不见强盛的爆发力，甚至跑不到一圈，就累得不行，步子不由自主慢下来，眼睁睁看着自己被一个又一个人超过。

我自然心有不甘，每次都是体育害我在班上下降几个名次。唉！正当我垂头丧气地回到座位时，发现我的同桌，也对着体育成绩单摇头，连连叹气.

"同桌！"我凑上去，"你也没考好？"

"你也是？"她问。我们心照不宣地苦笑一下。她举起成绩单，叹口气道："这样下去不行呀，我们必须做出改变，拯救这可怜的成绩！"我也开始沉思起来："不如，我们多加练习？""对，练习，不如我们每天早上早点儿到校，在操场上多跑几圈吧。""这方法好，一言为定！"我和她学着小孩子，拉钩、盖章，相视一笑。

第一天，我们都来得很早，在操场上鼓足干劲儿连跑三圈。

第二天，我心里不太痛快了，勉强跟着同桌的步伐跑了三圈。

第三天，我只跑了两圈，剩下一圈用走的，还十分不悦地想，当初不该和她拉钩的。

第四天，我被闹钟吵醒后，不耐烦地想干脆不去，断一天也没什么要紧的，之后又酣然睡去。

到校后，我结结巴巴地向同桌解释，自己起晚了。她不轻不重地说没关系。可第二天一上了跑道，我就感觉到自己全身的细胞都在叫嚣："停下来！"实在是难受，又坚持不了两天，就半途而废了。最后，我再也没有站到跑道上。

而我的同桌，风雨无阻，一直都在坚持、坚持。当我坐在草坪上，大喊着不行了时，她在跑；当我借口喝水返回教室休息时，她在跑；当我还在被窝酣睡时，她在跑……日复一日，她朝着鱼肚白的东方，不停地奔跑。"冰冻三尺，非一日之寒"。我在她身上深刻地感受到这句话的真正内涵。

又到了体育测试的时刻，她望着满分成绩痴痴地笑，而我又输得一场一塌糊涂。

我几乎要哭出来，她默默走上前来，握住我的手，语重心长地说："每只大雁要越过千山万水去过冬，历经艰难险阻，它们无法放弃。它们不停地扇动翅膀，为自己能够安全过冬。冬天的草木，并非死亡，而是蕴藏，没有漫长的冬天，何来黎明美丽地绽放？连雪花，都是在冬天慢慢融化，在春天化为一场雨，流入大江大河……"

我心猛地一紧，是啊，没有冬天，何来春天？没有坚持，何来成功？

我抹去泪水，一本正经地对同桌说："我们的约定还算数吗？"

她莞尔一笑，伸开双臂抱住我："当然！"

我们再次从黎明出发，站在火红的跑道上，重拾冬天，找回属于自己的春天。

有风自南，翼彼新苗

我们习惯将教师形容成"落花""明灯""园丁"。可在我的心目中，有这样一位老师，她没有什么惊艳的闪光点，甚至我已记不清她的长相，她更像一缕风，来自南海的风，吹动了我的船帆，助力我到更明亮的彼岸。

她是代课老师，语文老师请产假，她暂时代课。她很年轻，有一种南方女子特有的秀美。当时多愁善感的我，认为语文老师就应该是她这样的。

她特别爱笑，她的每次微笑都如春风拂面。但有时候，她也会笑里藏刀，举着教棍，不打不骂，罚你抄书。她真的像风，或者带来一场雨，或者捎来一缕阳光。

而我有幸，收获到一缕阳光。那是一场演讲比赛，她看中我文笔好，声音好听，执意向班主任引荐我。我那时胆小而自卑，认为自己处处比不过人家，硬是不愿意参加。经过她的多次相劝，我也勉勉强强，紧张得一段话能忘三次。

那个春日，南风远暖，散光成线。她手里拿着我熬夜写的稿子，指纹浮过一串串字符。我停止了卡得像老旧的收音机似的发言，想把自己缩得最小，逃离她的信心、远离她的期待。

"挺起胸来。"我愣了，她声音铿锵有力，站了起来，又重复道："挺起你的胸！"然后伸出双手，将我的肩膀掰直，她力气不大，声音掷地有声："你一点儿不差，你文笔好，形象气质好。是金子不就应该发光发亮吗？挺起你的胸来，自信的人才能收获到信心！"她的手像一把尺，硬是把我的身子立直了，心也是。我感觉我能露出自然的笑容了。

之后，每当我有驼背的现象时，她就会将手一抬，我立马直起来，然后我俩相视一笑。

演讲比赛的时候，她细细地上下打量着我，整理我的衣领。她的手如此修长，动作如此温柔；甚至，她让我扭过头去，帮我扎头发，我能感觉她的细腻，像南风，拂过发丝。"加油啊！"她向我挥了挥拳头，我自信地微笑。

"有风自南，翼彼新苗"。风不会记得它清凉过何人，也不会停留，我也不会摸清风的形状。但我不会忘记，在记忆的长河中，有一双手、一缕风，轻轻推动我的小船，让我懂得自信的真谛，并告诉我，你很好，你从不孤单。

无翼之鸟

—— 读《你当像鸟飞往你的山》有感

《你当像鸟飞往你的山》这本书我看了一遍又一遍，每一天都有新的收获和感悟。

看看作者这个女孩，她17岁就考取杨百翰大学，2008年获文学学士学位，随后获取盖茨剑桥奖学金。2009年获剑桥大学哲学硕士学位，2018年获得奖学金赴哈佛大学访学。2014年获剑桥大学历史学博士学位，2019年，因处女作，被《时代》周刊评为"年度影响人物。"

毫无疑问，她是光鲜明丽的、光彩夺目的，她像一轮皓月，攀上许多人梦寐以求的位子。而当记者坐在她对面，抛出一个个她儿时与学习有关的问题时，可曾有人注意到，她眼里闪过一丝慌乱，或悲伤。

只要你翻开这本书，你就找到悲伤的源头。她叫塔拉，她的童年由垃圾场的废铜烂铁铸成，那里没有读书声，只有起重机的轰鸣声。不入学、不就医，是父亲要他们兄弟姐妹坚持的忠诚与真理，

这都是枷锁，无情地铐住一个鲜活的生命、一个天真的孩童，导致她一直以来都认为她的生活中不需要教育与学习，只在山中困一辈子。

可在奶奶和二哥的帮助下，她明白不让女孩穿短裙是错的，学校会洗脑是错的，吃西药会使孩子畸形是错的，不能同时拥有自我统统都是错误的。就好像她口中的"巴克峰"，她并非因我的离开而生气，因为离开也是她生命周期中的一部分。是的，她终于成功摆脱了一直缠绕她的偏见思想，明白教育并非恶魔，而是可以重塑灵魂的。

她曾怯懦、崩溃，自我怀疑，不惜和家人断绝关系，连教科书都买不起。

直到这只鸟儿，自己生出一对羽翼，逃离大山，打开另一个世界。

生命是无限可能的。

人生不应该只有一条路，远方有征途、大海与星辰！

对话

有人说:"交流是心灵的桥梁。"在生活中,我们总能找到机会对家人朋友屈膝长谈,或是开怀大笑,或是对某人大发雷霆,或是含泪微笑,放开某人的手。

十岁那年,我迎来小学生涯第一次文艺汇演,很荣幸地成为舞蹈队的一员。我激动的心情难以言表,不仅是能在舞台上大放光彩,而且父亲也答应会来看我的演出首秀。父亲是一位军人,这次休年假回家,正赶上我的演出,这支舞我想跳给他看。

可是,马上开演了,父亲接到了一个电话,原本晴空万里的脸瞬间乌云密布,声音也沉下来:"我知道了,马上过来。"挂完电话后,父亲不敢直视我充满期盼的眼睛,揉揉我的头发,轻声道:"抱歉,冰冰,部队有紧急任务,我要马上回去。抱歉,不能看你表演了。"我急得跺脚,把炽热的目光投向母亲。母亲凝视着父亲,面露难色:"你真的要走?"父亲无奈而愧疚地望着我:"孩子,我必须走,部队需要我。"母亲顿了顿,像立下誓言一样说:"我让你走。"看着父亲的背影消失在人海,我又气又恼又不解,母亲只把手搭在我肩上,温柔而坚定地说:"你长大就懂了。"

是的，以前，我不懂；但现在，我懂。

我不由得想起《觉醒年代》，得知李大钊死讯的妻子，回想起他生前的种种：李大钊承诺要教她写字，孩子们扑进父亲的怀里撒娇……她边想边笑，笑着笑着，就哭了，哭得泣不成声。红日初升的光辉下，李大钊铿锵有力地说："我必须走！"而她颤抖地用手擦去眼角的泪，说："我让你走。"

我想，在很多年前，一定有无数的革命者，和家人有这样一段对话，这样的一种视死如归的精神，代代相传，换来了中华人民共和国黎明前的曙光。而今，同样的对话、同样的精神，捍卫了祖国的繁荣昌盛、人民的幸福安宁。

"我必须走。""我让你走。"这普普通通的两句话、八个字，是一段对话，更是一段深情。

因为你懂，你懂"对国家的忠，就是最好的孝"，你懂家国情怀，你更懂大爱无疆。

追到黎明破晓之时

这条路并不好走，我不止一次这么对自己说。

哪怕是现在，我仍然能回忆起五年级颓废的样子，说着最粗俗的话，趾高气扬，经常对朋友戏言："考试，小事一桩。"当然也有清醒时的后悔，可我当时只善于将斗志与奋进封锁在心里。

这样的我，自然在大考时考得一塌糊涂。

我走向办公室时，脑海里还是一片片黑暗：为什么学校要举行"经典诵读"诗词过级大赛，必须达到十级——最高级"钻石级"，还必须是90分以上才过关？我已经爬上了九级高高的台阶，我已精疲力竭，再面对那一大本厚厚的古诗文，我还是生平第一次讨厌语文……最让我崩溃的还是语文老师的"邀请"，可本以为会引来"暴风骤雨"的我，却接收到"阳光雨露"的滋润。

老师靠窗坐着，她的肩上、头发上跳跃着细碎的阳光。她小口啜着浓茶，抬眼问我："你甘心吗？"声音轻得像柳絮飘落。

那一刻，我心里埋下一颗种子。

在回去的路上，我的腿是颤抖的；面对书时，我的手也是颤的。可没有时间容我停留，我奋力融进了白纸黑字里，在一笔一画中摸索古人的喜怒哀乐。我的心第一次如此平静而笃定。

落单的鸟，必须以10倍的速度追赶队伍。于是，我每天都会挤出时间小声默背古诗。我的读书声淹没在同学们的嬉笑打闹声；我的错字本，在同学们的漫画书中飘过；我刷题卷，在同学们的美梦中堆积。

那些日子，我家的灯亮到夜里11点。早晨，在去上学的公交车上，我也能在喧闹中旁若无人默记古诗词，冬天的车窗成为最完美的草稿纸，一笔一画写下最美的诗行。当然，也有近乎绝望的时刻，想要放弃的，但心中的声音一遍遍问："你甘心吗！"不，绝不，永不。

大赛终于来临了，考场上，我只记得笔尖迅速滑过试卷的声音。结果来了，试卷上鲜艳的"96分"，我揉了揉眼睛，又仔细看了看，96分。

当主任将"经典诵读"诗词过级大赛——"钻石级"的荣誉证书放在我手上时，我舒心地笑了，抬头看到湛蓝的天空，白云如絮，暖阳如春，而我心里百花齐放，鸟语花香。

几年过去，我还是能看到那个在月光下伏案奋力刷题的少女。她怀着梦想和希望，不惧黑夜与风雨，追着星辰，在破晓黎明时，微笑。

希望是藏不住的

冬天来了，春天还会远吗？我一直坚信，希望是不灭的，它是藏不住的。

还记得奶奶在我面前病倒时，那种天塌下来的感觉。无数个守夜，像黑色的巨石压着我，一股黑云笼罩着我们家，永不消散。在昏暗的火灯下，时常看见奶奶痛苦地拧着眉，听见她飘忽的叹息声，这些都像尖刀在我心头刺。

弟弟只有3岁，天真无邪的他似乎一下子懂事了。这天，他兴高采烈地冲进病房，捧着一小盆花，邀功一样奔向奶奶。我的父母有些不悦，怕他惊扰了奶奶。可这小家伙脸上露出少有的认真，说和奶奶有重要的秘密要讲，让我们都离开。大家望着弟弟稚嫩的脸，无奈地同意了。在虚掩的门后，我看见，弟弟踮着脚尖，捧着花盆，小嘴在奶奶耳边一张一合。奶奶本来黯然的眼眸，渐渐地燃起光亮，那一刻，白炽灯被点亮了。他们一起笑着，大手勾着小手，盖章。从此，天使和死神立下了契约。

那小小的花盆放在了奶奶的床头。几天后花开了，娇小的花朵，娇艳似火。而像是有魔法般，奶奶开始主动吃东西，呼吸顺畅起来，面色也渐渐红润，最后竟能自己支撑着坐起来。

在我们疑惑的目光中，弟弟仰起胖嘟嘟的小脸，骄傲地说："我和奶奶说了，等花开了，奶奶病就好了，我和她一起看花呢！"我们的眼睛顿时湿润了，这个只有3岁的孩童，把他的希望埋在了泥土里，相信他一定会开花。就是这份纯真的信念、希望，让死神退步。看着奶奶和弟弟愉悦地笑，我再一次感觉到希望不灭。

就在那年春天，一颗希望的种子熬过寒冬，露出稚嫩的幼苗。

我不由联想到另一个故事，发生在二战期间，两名记者去访问一个被迫住在地下室的家庭。采访结束后，一名记者问同伴："你觉得他们能重建家园吗？"同伴答："一定能！""为什么？""你看见他们在窗下放着什么吗？""一个花瓶，里面插着一束鲜花。"同伴笑了。任何一个民族，处于这样困苦灾难的境地，还没有忘记摆放鲜花，那他们一定可以在这片废墟上重建家园。

是的，希望是不灭的。哪怕是战争、死亡也掩盖不住它。无论前路怎样充满荆棘，它都会挣扎着前进，升腾起阳光。就像无论寒冬如何可怕、难熬，到了春天，草还会变绿。因为它有颗绿色的、永不停息的心。

希望是藏不住的，愿我们做一株小草、一朵小花、一盏明灯、一颗星星，永远心怀希望，等待生生不息。

小事

阳光是碎落在人间的。

时隔三年，我又走到了这条通往母校的路。印象中的枇杷树并没有多大的变化。还是那样高大挺拔，枝叶繁茂地承载着满树的阳光。只不过，旁边的店铺早已换了，那一张张熟悉的笑脸早已不见踪影，我不由得叹了口气，思绪要飘向远方……

大概是六年级的时候，我经常光顾一家普普通通的早餐馆，店铺谈不上多豪华漂亮，甚至有些破旧，但小店收拾得很干净。经营店铺的是个中年女人，黝黑的皮肤、健壮的身材、厚嘴唇、黑蝌蚪一样的小眼睛，说话粗声粗气，给人第一印象不太好。但她家的包子，却是这条街中最美味的，我总是一直惊叹：粗手指也能化为金手指，让面团变身成人间美味，独特的滋味总是让人没齿难忘。还有店铺旁的枇杷树，结果时，满树金黄，总惹人抬头多看几眼。

可让我真正记住她的，是一件小事。

小升初考试压得我喘不过气来，几次模拟考，我都没有取得满意的成绩。面对老师和父母对我失望的眼神，我心上如同压一块巨石般沉重。

那天又要考试，早晨，我买了两个菜包子，站在小店门口狼吞虎咽，想着快点去学校复习。可咬到第二个包子时，我一下愣住了，这分明是肉包子！我急忙找上老板娘："阿姨，我买的是菜包子，您给我的是肉包子。"她只"啊"了一声，很淡很轻，眼神里流露出从未有的温柔："大概是我弄错了，抱歉呀，丫头！委屈你吃肉包子。"吃肉包子还委屈吗？我满心疑惑，但还是有点高兴，三两口将包子吞进肚里。老板娘微笑着看向我，那是发自内心的喜悦之情。我没有深究，吃完转身就走。可老板娘叫住了我，回头一看，她手里拎着一个袋子，塞到我怀里说："丫头，这里是刚摘的枇杷，新鲜着呢。小孩子，别给自己压力太大，放轻松。"我打开袋子一看，一颗颗黄澄澄的枇杷，安安静静地望着我、对我笑呢。

顿时，一股暖流涌上心头。这时，老板娘又塞给我一个菜包子，说是赔给我的，她的笑容如同皎洁的明月，照亮我眼眸里的黑暗。或许她看见我愁眉不展，或许她知道今天我考试。但无论如何，我相信她那双眼睛是那么敏锐，总能捕捉到我不经意的情感流露。

回过神，我看到日暮下的枇杷树正和风儿嬉闹，似乎在诉说着那件似乎不经意的小事。再次品味这件小事时，我惊觉，那袋子里装的哪是枇杷，分明是满满一袋善意的爱啊！

冬天的心跳

车一停稳，我就猛地打开车门，奔向院中的桃树。

桃花爆了一树，在春风中含眸浅笑，泛着淡淡的红晕，把单调的山野衬托得分外生动明媚。

我的心随着微风枝叶缓缓飘动，噙着泪，伸手抚摸着它，像抚摸着一件珍宝。我的思绪被无限拉长，记忆的画卷铺展开来，定格在那些无法忘怀的日子里。

六岁的小女孩在院子中旋转、跳跃，舒展的裙子像一朵盛开的花，落入一旁缝衣的奶奶怀里。奶奶慈祥地搂住小女孩，忙完手中的针线活，就开始给孙女唱童谣，并且拉着她的手转圈、摆动。古老的歌谣仿佛把女孩拉到一个遥远的地方，她深深为之陶醉，在温暖的晨光中，祖孙俩一起欢笑。

在寒冷的冬夜，手脚冰冷的女孩蜷缩在被窝里瑟瑟发抖。奶奶躺进被窝，连忙拉起那一双冰凉的小脚，掀开衣襟，把它们放在自己肚子上。一股股暖流融化了女孩所有寒意。天真的女孩并没有注意到奶奶被冰得发抖，下意识地凑得更近，奶奶则边笑骂边紧紧包裹着她，暖人心扉。

又是一个可怕的夜晚，电闪雷鸣，暴雨如注。女孩把自己藏在被窝里，缩成一团，谁也无法靠近。她大喊："我不会出来的，天上的雷电都是恶魔。太可怕了！"这时，一双温暖的大手抚摸着被下的小人儿，小人儿悄悄探出半个脑袋，一眼望见微笑着的奶奶。奶奶把她抱进怀里，轻轻摇、柔声唱，女孩的心在这优美的曲调中渐渐静下来，沉沉地睡去。

那个女孩就是我，奶奶已去那个歌谣一样遥远的地方。我仰头望着满树繁花，因为我喜欢吃桃子，奶奶亲手种下的，她笑着说会和我一起吃这棵树上的桃子，但这实在是一个遥远的约定，不久后它就再也无法实现了。

我走上前去，抱住小桃树，仿佛听到它温柔的呼吸声。

那是冬天遗留的心跳，换来春天的微笑。

红愿

——庆祝中华人民共和国诞辰74周年

您梳齐耳短发，颈上系着一个中国结，穿着海棠红的马面裙，正有节奏感地舞着绣花针绣着一朵牡丹，您坐的红木椅子旁，伏着一只白猫，唤作踏雪。桌上一台上了年纪的收音机，正用苍劲雄浑的嗓音，唱："想当年结良缘穆柯寨上，数十载如一日情深谊长。可笑我弯弓盘马巾帼将，今日里簪翠钿换红装……"柔和如风卷云舒，天街小雨。

谁知道，您一开始并不打算休息，是全国人民都劝说，哪有人生日不休息呢，迫使您放下国事，交给他们，"偷得浮生半日闲"，您现在明明多松啊！

我盘坐在地上，听您第五次问我冷不冷，我摇摇头，痴痴地望向您，不，我没有吃不饱、穿不暖、心不顺，谢谢您在我外套上绣花。为了让您休息更长久一些，我甜甜地恳求道："阿娘，给我个故事吧。"

讲什么？不，不讲妖魔鬼怪，神仙传说。讲国旗上为什么有星星，讲何十月一日是您生日，讲红领巾为什么是红的，讲……

您浅笑，上扬的嘴角像燕的翼，您开始缓缓地诉说那些绵长而曲折的故事。您讲嘉兴红太阳、诵《七律·长征》，忆神州大陆曾遭百鬼猖袭，谈天安门前的红旗花海，讲如今腾飞的时代、国泰民安……

哎呀，没听懂吗？我望向您，冒出一个问题："是什么让您历经磨难，一直坚持不放弃呢？"

您的目光一下温和如西湖的柔波，转瞬间又坚毅如泰山。您停下中的活儿，将双手放在胸前，心脏的位置："这里，我的孩子。"

什么？

我有一颗红星，鲜红的星星，它是我的力量所在，也是中华民族的希望所在。在曾我头上，而今在我胸膛里，其他的星星，都给了你们。

我有吗？我身体里有颗星星？为何我感受不到？

你不用感受，它像春风，你习惯它的存在，自然感觉不到惊奇。红星无处不在呀，你们小孩子上学堂，吃白米饭，天天能穿戴一新，是因为它。大街上车水马龙，高楼大厦拔地而起，是因为它。能在国际舞台上发声，提出人类命运共同体，是因为它。不要急于寻找它，它一直都在。"待到山花烂漫时，她在丛中笑"。

说实话，我还是不太懂，但又好像，不需要我太懂。

"您为什么生日还要工作？"我歪头问出最令我不解的问题，您则笑着摸摸我的头："因为我爱着这960多万平方公里的土地，我乐意于为它效力。同样，我也知晓过去的从未逝去，我应该永不停下前进的脚步。又年长了一岁罢了，没什么大不了的，重要的是，我还要继续描绘锦绣江山的壮丽蓝图，我心里还有一颗红星在跳动。我的生日啊，还是喜欢看你们狂欢祝贺，尽情放松玩乐，到处一片欢乐祥和的气氛，我欢喜得很。"

等下，几点了？您猛然回头，望向墙上的时钟："孩子，看来一上午已经过去了，外套拿着，绣好了，我要走了。你也快点回家吧！"

回到家，小伙伴问我刚刚去哪了？

那天深夜，我做了个好梦。梦中，我看到了一颗鲜艳的红星，发出耀眼夺目的光芒。我伸手想抓住它，可这时，我醒了。没关系，没关系，我总有一天能触摸到它。

　　而我也相信，这是每一位中华儿女的夙愿。

我本来可以保护它

我很喜欢猫，它柔软的毛、奇特的瞳、高傲的性子，都令我感到神秘而有趣。我总想最温馨的画面：在宁静的黄昏时分，抱着一只猫睡在躺椅上，任夕阳在脸渲染出斑斓的光影……

我喜欢猫，不会养猫，绝不会。那是因为……

那是一个周日的午后，我要走到学校去上晚自习，爸爸则跟着我。马路上车虽不多，但一辆辆疾速而过，我便放慢脚步，更加小心地过马路。

忽然，一声微弱的、带着哭腔的猫叫声引起我的注意，我扭头一看，在刚经过的马路上，一只小小的白猫艰难地在马路上爬行。街道很宽，离得太远，我只能模糊地看见这只猫似乎断了一条腿。

下意识地，我想去救它，可是一辆小轿车从我面前飞驰而过，又让我犹豫起来。父亲觉察到我的心思，看戏般打趣我说："你去救？"然后又告诉我去提小猫的脖子，以免它抓伤我。是的，这也是我所怕的，我的心像毛线团般，各种复杂、矛盾的心理缠绕在一起。过了十秒，我才走上前去。

"刺啦——"一声响，一辆自行车在我眼前硬生生碾过那只小猫，一瞬间，我整个身体僵住了，全身血液凝固了，连呼吸都忘记。小白猫的叫声更微弱而凄厉，像一把刀子在我的心上划过。

父亲惋惜道："哦，没救了。"我面色苍白，不知道说什么好，一个微小的、美丽的生命就这样在我眼前被碾碎、撕裂，消失了。小猫的一生本就短暂，还要遭受如此酷刑。

我有多么痛恨自己那时的懦弱、不果断，救命的事为什么要如此犹豫？为什么不当机立断冲过去，用自己结实的臂膀保护那个小生命？它如此纯洁美丽，却被我间接扼杀，现在每当我想起这件事，心就绞痛，我本来可以保护它，为什么我竟会退缩？

我不再会养猫，我没有养育这个生灵的权利和资格，就像网上说："真正会养孩子的人偏偏选择不去生孩子。"是一样的道理。

啊，美丽的、光明的仙境啊，愿你永安，小白猫的灵魂！

源

吴念最近相当郁闷，只因她那阿尔茨海默病的奶奶最近总从疗养院里失踪。

奶奶九十多岁的高龄，如今却有5岁孩童般的心智。每次她找到奶奶时，都看见她把家里翻得乱七八糟，床底、花盆，甚至马桶。每次吴念都拦不住，只能看奶奶说找一次又一次。还有一次，奶奶要爬到窗帘上去找，吴念不得不放下繁忙的工作，看奶奶上演一出出闹剧。

"哎呀，您老到底找什么呀？……"吴念削着苹果，又看了一眼好不容易劝回来的奶奶。

奶奶不理她，自言自语："黑成这样，谁知道里面装了什么，你……"

吴念又是重重一声——叹息，真不知道拿自己的奶奶怎么办。

奶奶原是大陆人，那年她随父母逃离故乡来到这里，便再也没有回去过。可奶奶从不曾提过故乡，只是有时，会望着窗外久久发呆。如今奶奶这副样子，说不准是因为思念家乡，但一是奶奶身体经不起长途，二是她分明是在找什么东西呀……

吴念只能尝试询问奶奶要找的到底是什么，但奶奶从未明说，而是跟空气说得云里雾里，最后，还操起了故乡的方言。吴念彻底一句话也搭不上，只能默默看着。

最终，在暮春最后一朵花凋谢的时候，奶奶长眠。吴念压着悲伤，操办葬礼，迎来送走一批批前来吊唁的人。这时，一位头上簪着白花、白发苍苍的老太太出现在吴念面前，吴念注意到，她手上捧着一个黑罐子。

"阿念！"老人打开罐子，里面竟然是一坛黄土。"我是你奶奶的老乡，那年和她一起来到这里，我们走的那日，家乡下了一场大雪，她想带走点什么，于是她就用黑罐装了一罐和着雪的黄土。说就像带着家乡一起来这里。她为这个，求机场工作人员，我差点跪下来，最后好不容易带来。她像宝贝一样守着，时常对着它回忆在家乡的美好时光，还时不时落泪。你儿时贪玩，有一次不小心推倒这罐子，她只好托付在我这个独居的老婆子这里……"奶奶最大的心愿就是带着这一罐"故乡"回归故土，她没有一天不在梦里回到故乡啊。吴念只觉得大脑一片空白，一句话也说不出来，她从未深想，奶奶爱故乡爱得如此深沉。

"阿念。"老太太眼中有说不尽的悲戚，"把它们都带回去吧！"

吴念终于踏上驶向彼岸的游轮，来到奶奶梦中的故乡。很巧，在这里遇到一场大雪。吴念站在漫天的雪中，仿佛看到那年那时，年轻的奶奶依依不舍离别的情景。她喃喃道："奶奶，我们回家了。"

吴念终于读懂了奶奶的深情。她的血液来自这里，她的根在这里，无论飘向何方，深入骨髓的情谊都改变不了。就像山上的泉水，无论流向哪里，这里都是它的源头所在。

路旁有几个孩童，正用柳条蘸起河水，挥到半空嬉闹。

吴念也学着拿了一根，蘸起清清的水，学着轻轻一挥。在阳光的照耀下，水珠散发出七彩的光芒，好像儿时的奶奶，在笑。

她把泥土全倾入河滩之上，抹走了眼角的泪珠。

相隔五十多年，泥土归于母亲的怀抱，奶奶的心也终归于源头故土。

五十年前雨雪霏霏。

五十年后杨柳依依。

她在月辉里种红豆

正值金秋十月，村庄里的秋风一吹，就吹黄了一树的叶，吹翻了大雁的羽毛，吹起了海般的稻田一浪又一浪。不远处，正有孩童用嬉闹声盗走飞扬的稻香，划破浅蓝的天空。

这时，一位身警服的青年，出现在村口。他有一双深邃的瞳子，年轻坚毅的脸上，却有一道沧桑的疤痕。

他拍了拍裤子上的灰尘，看到一个女孩追着她的狗朝这边跑来，便叫停了她："孩子，请问这里有没有一位支教的女老师，短头发，左眼旁有颗泪痣……"

女孩古怪地看了他一眼，用带有浓重乡音的普通话问道："你是谁？"

男青年一下变得拘束起来，忙说："我是她儿子，她叫李月，我出王撷，她应该常常叫我豆子……"

女孩一下子愣住，仿佛变成了一尊木雕，怀里的狗挣脱跑走了，她也不追。青年急了，叫了声："孩子？"女孩红着眼眶，一寸一寸艰难地抬起头，哑着嗓子问："你为什么要回来？"

青年沉默了一会儿，用轻到风般抖动的声音说："还是不告诉你好，能带我见见你们村长吗？"女孩垂下头，嘟囔了什么，抛下一句："在这儿等一会儿吧！"转身就跑开了。

最终，女孩看着年迈的村长将青年引进村子，迎进家里。她默默跟在后面，蹲在木窗下，静静倾听。

屋内一直保持着黑夜般的死寂，性子躁的女孩便先开始回想。她想起在她第一次来到李老师家里，那天月光如水，李老师翻开一本《唐诗三百首》，把《红豆》读给她听，让她背下来，她绞尽脑汁琢磨着如何背那首诗……这时，当村长沙哑低沉的哭声传来，她愣住了，这是她第一次感受到村长如此悲伤。

"……你回来了，终于回来了……"村长声音越来越微弱……

"好吧，如果你想见你的母亲，我会带你去，但你要有心理准备。"

太阳不知什么时候潜入云端，一阵阵萧瑟的秋风卷过村里的每个角落，穿过每一个人，似乎永远不会停止。

女孩率先挤出人群，拂掉墓碑上的落叶，逃避着青年震惊的眼神，她知道，接下来她不需要再听，再看了。

女孩不由又想起了李老师。想起她是村子里唯一一个外来的老师，她初来村子时，羞涩的笑容。想起她教孩子们读书、写字、唱歌、跳舞，笑得那么甜美。想起她变成孤儿时，李老师把她紧紧拥抱，说要收养她时坚定的眼神。她想起李老师床头摆着一张中年男人的照片，那是一位穿着警服、面容坚毅的男人。后来，她悲伤地说出丈夫殉职的消息，泪水如断线的珠子落下来。想起她说她的儿子豆子在奶奶家寄养读书，后来，她兴奋地告诉学生们，豆子考上了警校，可以完成父亲未了的心愿了，那天她一直在笑。还有，她躺在病床上一次次让女孩读豆子的家书，还有她临终前，千叮咛万嘱咐，不要告诉豆子自己的病情，他正在执行重要任务……

记忆如水，喷涌而来。她奔向李老师的宿舍，翻出了一串用红绳子串起的红豆，仿佛又见到了短头的李老师，在月光下走向她，对她微笑。她的双眼如星辰般在闪烁、跳动。她向她招手，来读诗，读《红豆》。

学校的角落，有一棵李老师亲手种的红豆，她在月辉中种下红豆，种下对丈夫和孩子的思念，种下她对这个村庄深深的爱。

她向他叙述李老师的一切。男青年膝盖撞向大地，"咚"的一声，额头也一次次撞向地上。顿时她心里燃起团火，随后紧握着红豆手链，久久不愿放开。

青年没有久留，带着对母亲深深的愧疚，听从祖国母亲的召唤。

在浅浅的月辉里，伴着火车的轰鸣声，她把红豆手链递给青年，她说："今夜月亮真圆。"不等青年回答，她就扭头离开，含泪吟诵："红豆生南国，春来发几枝。愿君多采撷，此物最相思。"

那个叫李月的老师，她从不言相思，只言天上的圆月和南国的红豆。

唯美味不可辜负

我从小就对吃的异常热衷。遇到好吃的，我都会闻香而来，然后大快朵颐，用我妈的话来说："整得跟我们家里闹过饥荒似的。"

妈妈对我的贪吃一直瞧不上。毕竟不知多少次，睡不着的我就会把放在床头的小零食悄悄吃掉。有两次被我妈撞见，她用一种三分震惊、四分无奈、三分愤怒的声音吼道："你是老鼠吗？！"

众所周知，每所学校都会附赠一条"美食街"——卖小吃的小摊。老师、父母千叮咛万嘱咐：少买零食，对身体不好。道理我们都懂，但懂与吃是两码事。在我们眼里，去买零食是一件惬意的事情。一手握着串串，一手牵着朋友，或是在寒冷的冬夜，满心欢喜地接过老板递过的热气腾腾的小吃，把温暖传递到手心，再缓缓流入胃里，这是一种奇妙而温馨的记忆。

对那些漂泊在外的游子来说，食物赋予了更深的一层含义——乡愁。作为一个资深美食爱好者，我尤其热衷作家们笔下故乡的美食。汪曾祺的《故乡的食物》中这样描写：苏州人做塘鳢鱼有清炒、椒盐多法。我们家乡通常的吃法是氽汤，加醋、胡椒。虎头鲨氽汤，鱼肉极细嫩，松而不散，汤味极鲜，开胃。看沈从文的《边城》以故乡凤凰作为原型来描写的。书中最诱人的一道菜就是鲤鱼豆腐了，煎得外焦里嫩，香辣而酥脆，"小饭店门前长案上，常有煎得焦黄的鲤鱼豆腐，身上装饰了红辣椒丝，卧在浅口钵头里"。让人读罢，不由垂涎三尺。梁实秋的《雅舍谈吃》中念念不忘的家乡美食，处处有大师挥之不去的乡愁。还有汪曾祺之咸鸭蛋、鲁迅之梅菜扣肉、蔡澜之猪油拌饭……普普通通的食物，一旦寄予了乡愁的深情，就会无比亲切而温暖。"露从今夜白，月是故乡明"。连天上皎洁的明月，都能把故乡的美食端到游子的面前，让他们以解相思之苦。

同时，食物也是一种情感的寄托。对于我来说，确实是"唯有美食和美景不可辜负"。有一次，我在期末考试的阴影下，疲惫地推开家门，那种喉咙发干，眼眶酸胀，泪水在眼眶打转的感觉，至今记忆犹新。我沉默着坐到餐桌前，妈妈笑着告诉我有家比萨店开业，知道我爱吃，特意给我买一份尝尝。在那个寒冷的冬夜，我迫不及待地拿起一块，看着芝士拉丝，朝肉多的地方大咬一口，感受到温热而香软的食物盈满口腔，滑过食道流到胃里，我的泪水决堤而出。不是因为伤心，而是那份美味是对我最好的犒劳和抚慰。

美食治愈了我的身心。生活中难免有喜有悲，开心时有美食分享，悲伤时也有美食抚慰。那种感觉，多么奇妙啊！

著名作家和"资深吃货"汪曾祺在《人间至味》写道："四方食事，不过一碗人间烟火。"我们究其一生追求的无非是一家人团团圆圆，三餐烟火暖，四季皆安然。

这个中秋，不一样

时隔两年，我终于回老家过中秋了。在回家的车上，我的思绪就不由回到儿时的中秋：一轮高挂枝头的圆月，爷爷奶奶温暖的怀抱，手工月饼的甜美软糯……

一踏入熟悉的门槛，我就看到爷爷奶奶正坐在一堆纸盒旁，把一个个白色小方块糕点放在牛皮纸上，利索地包好，用绳子缠起，房间里，弥漫着桂花的清香。

"爷爷，奶奶！"我压下心中无穷的好奇，凑过去问，"你们在干什么呢？"

奶奶转头一看是我，笑成了一朵花："你们来得这么早呀！我们还没有忙完呢！这些呀，都是拿去网上卖的！"我诧异，扭头看向爸爸，爸爸解释道："现在网络时代发展迅速，我们村也与时俱进，都在网上售卖土特产，创收呢。村长想到奶奶的老手艺，做桂花糕。奶年纪大了，她就负责把手艺教给乡亲们，专门拿去网上卖。中秋节需求量大，你爷爷奶奶都忙得不得了！"奶奶浅浅一笑，那神情，让我不由想起年幼时，我缠着奶奶要月饼吃，她脸上沾着面粉，冲我笑着说："乖宝，很快做好了。"

夜悄然降临。在紫黑色的云雾中，玉盘般的圆月羞答答地笑，那么饱满、那么明亮，和儿时的一模一样，那熟悉的清辉令我深深陶醉。可马上，另一件让我新奇而陌生的事来了。

爷爷奶奶正在人手一部手机和爸爸妈妈一起畅谈近日的新闻。曾经只会讲古老传说的爷爷。而如今，却口若悬河："说到月亮，很难不想到最近载人飞船神舟十二号，还有航天员王亚平……你们要多看看新闻。看看我们国家的北斗卫星导航系统，多么先进，作为一个中国人，真是太自豪了……"

"爷爷！"我满心佩服，"您怎么知道这么多呀？""哎呀，不是有这个宝贝吗？"爷爷挥了挥手中的手机，"现在我们不愁吃穿，口袋里也有钱了，我们物质生活提高了，精神生活也要跟得上，闲着没事时，多关心一下国家大事嘛，不然跟不上时代了。我们现在也是时尚的老头老太太啊。"

爷爷说着说着，脸上难掩自信的笑，全家人全跟着爷爷一起笑起来。

这是一个别样的中秋，一个熟悉又陌生的中秋。我目睹家乡日新月异的巨变，乡村里处处都展现出新的光彩，这里汇聚了美丽乡村正迈着新时代的步伐，与日俱进。我怎能不惊喜，不高兴呢？

我想起很多年前，革命先烈方志敏在《可爱的中国》中的那一句："这时，我们民族就可以无愧色地立在人类的面前，而生育我们的母亲，也会最美丽地装饰起来，与世界上各位母亲平等地携手了。这么光荣的一天，绝不在辽远的将来，而在很近的将来，我们可以这样相信的，朋友！"

我想说：如今盛世，如您所愿！

与太阳同眠

　　此刻，我按下时间控制器，隔壁病床小孩的哭闹声，护士来来往往托着手中的药盘，都在我眼中停止，仿佛空气都凝固一般，我一惊——这东西真能让时间暂停！

　　我一刻不能等待，跳下床绕过密密麻麻看诊住院的人，成功溜出心心念念的医院大门之外，真如一只终于飞出笼子的小鸟。反正时间暂停，我开始惊叫欢呼，大声喊出今天出行的目的。把医生不让干的事情都干一遍，再找到那只小狗！尤其是后面那件事，才是我不惜按下一次性时间控制器的原因。

　　我一眼看见门口的蓝紫色自行车，冲过去踩上。上次骑自行车是什么时候？随后，我歪歪扭扭地蛇行一段路，最终在余晖中开始旅行。

　　一开始，在草地上发现这个"时间控制器"时，我只觉得是谁的恶作剧，不予理会。但在那几天后，我在一楼的楼梯口遇到了那个像洋娃娃，抽泣的小女孩，个头只到我的腰部。爱心泛滥的我，关切地凑上去："小妹妹，你怎么了？"她抬头，昂起一张哭成花猫一样的脸，委屈巴巴地说："妈妈说我得过敏性哮喘，不能养狗了，把我的小狗扔了。"啊？这……小妹妹继续絮絮叩叩："那只小狗这么可爱，为什么妈妈不喜欢呢？"说着把小天才电话手表中的照片举起给我看。虽然，手表像素很差，照片有点模糊，但可以看出它有乌黑的毛，眼睛又圆又大，如同两颗夜明珠。"别哭了，我可以帮你找找。"妹妹惊愕地看着我，暗淡的大眼睛一下子发出耀眼的光芒。"只是帮帮，无法确定。哦……"我话没说完，就被妈妈揪着耳朵扯回病房，但小妹妹期盼的眼神却再也无法忘记。

　　我知道，这控制器对我而言，只有这么一个用处。我的病理报告一出来，就已表明神已在我左右，而哪怕暂停时间，使用者的时间也不会暂停。这就意味着我还是在向死亡的方向一点点移步。既然如此，还是抓紧时间干些有意义的事情吧。

　　时间停止了，我感受不到风吹脸颊的感觉了。我在流浪狗聚集的地方，专心地搜寻，还搜遍了每一家宠物店。最终，在公园门口发现了那只小狗，它蜷缩在一个垃圾桶旁边，紧闭双眼，不知是死是活。我伸手摸摸，它的心脏还在微弱地跳动。我狂喜不已。

　　这小东西和我同病相怜呀。我抱起它，把它放进行李篮里，放在医院后的草坪上，再把它亲自交到小女孩手里，才放心地离开。

　　我回到病房，又看见在我床边补觉的妈妈，浅浅一笑，在她额头落下一吻，解除时间暂停。

　　我想，在我离开这个世界的时刻，我一定会跟周围人说："如果想我，就看看太阳吧，我们同在一片阳光下。我会在太阳上生活，我在这里，等你们。"

　　我大抵也算是太阳吧，在生命最后一刻，也给别人带去温暖与希望，这样一想，世界上从不缺太阳。因为，我就是太阳呀！

　　这一刻，这个夜晚，我、所有人，与太阳共眠。

我以我梦绘前途

夜已深，有个女孩在昏黄的灯光下一筹莫展。今天，她写的征文又没有被老师通过，"内容不充实，文笔一般，没什么亮点，重写！"同学的讥笑在她背后不时响起，"你当不了作家的。"质疑声在她心中无限扩大，以至震耳欲聋。不，我竟然无法触摸和描绘我的未来，她心烦意乱地想。

她沮丧地把纸笔收进书桌，可在打开抽屉的时候，一封压在最底层的纸张起了她的注意，那是她曾经的投稿，背面画了一个大大的"一".

有"一"，就会有"二"。女孩在书桌里翻来倒去，果真找出了二十几篇投稿，无一例外都被打回。这好像是初一的事了。朦胧中，女孩好像望见初一时的自己，毫不掩饰对文学的热情，乐于研读名家经典，沉迷于书海里不能自拔，怀着一腔热血屡次投稿，屡败而屡战，乐此不疲。她把笔看作是勾勒描绘锦绣江山、人间冷暖的画笔，在白格纸中用笔墨描绘晨霜星月，洋洋洒洒书写自己的梦想，永远那么澄澈、执着。她信誓旦旦地对同伴们立下诺言："被报社拒绝100次，我就放弃！"

可如今，光彩不再，逐渐繁忙的学业占去了投稿的时间。女孩却坚持向学校投稿，但是，渐渐地，她的热情慢慢变弱了，她的文字也苍白无力，她心中的希望慢慢被湮灭，她已无法再描出自己的愿景。

开学典礼时，校长发问："你们未来要做什么？"她第一次发现这个问题难以回答。

但骨子里的倔强，怎能让她甘心放弃呢？她还想再次踏上这坎坷的旅途，她还可以再发出豪言壮语："被别人拒绝100次，我也不会放弃！因为我自己还没有拒绝自己100次呢！"她还有无限的热爱，还有最纯洁的追梦之心。她只知道，自己不会轻易被打败，她会长出翅膀，用文字描绘祖国大好山河，描绘街头巷尾人间烟火。最重要的是，她能用笔描绘出自己风雨兼程、阳光普照的前途。

在昏黄的灯光下，女孩轻轻一笑，就是我自己，用炙热的心脏握住笔，写道：我以我梦绘前途。

第二章

部分获奖作品选登

温暖的寒冬

奶奶，我放学回来了，又来看您了！看您笑得那么灿烂，是不是见到我很开心呀！奶奶，我陪您说说话吧！以前的事我记得可清了，特别是那年冬天……我上一年级的那年冬天，下了一天一夜的雪，雪铺了厚厚的一层，都快埋到我的膝盖了。放学时，您在校门口接我，我们祖孙俩像两只臃肿的熊蹒跚地在雪中挪动，寒风呼呼地吹过，脸上像刀割一样痛。您紧紧地搂着我的肩膀，生怕我摔倒。您自己反倒是一不小心就摔了个四脚朝天，而每次我都在您怀里，一点都没摔倒。奶奶，您说怎么这么巧？

我们祖孙俩连滚带爬地，终于回了家。我的手冻成了红萝卜，牙齿不停地"打架"，全身不停地发抖。"奶奶，好冷啊！"您连忙拉我到火炉旁，给我打盆热水泡脚，又摘下我的手套，看着我红通通的手，满眼的心疼，用您粗糙的大手紧紧捂住我的"红萝卜"，放在嘴边不停呵气，呵几口气，搓一搓，再呵几口气，又搓一搓……直到我的手暖和起来，您才欣慰地笑了，帮我穿戴好厚的鞋袜。"你坐在火炉这里，千万别乱跑。"直到我点头，您才温柔地摸了摸我的头，满意地做饭去了。

吃过饭，您收拾妥当，早早上床睡觉。"咦，奶奶，才7点多，今天怎么睡这么早？电视也不看了？"您夸张地打了个哈欠："今天奶奶太累了，想早点睡。你写完作业也赶紧睡啊。"八点半，我准时上床，一进被窝，哇，奶奶被窝里好暖和啊！我连忙钻进您的怀抱里，您笑骂："冰坨子一样，冰死我了！"我嘻嘻哈哈："奶奶，千万别把我融化了，哈哈哈……"您一听，笑得合不拢嘴："就把你融化了！"说完，把我冰一样的小脚丫揣进怀里，放在您的肚子上，顿时一股暖流涌了上来，充满了我的全身。"奶奶的肚子是个大大的热水袋。"哈哈哈，祖孙俩笑得多开心呀！我听到外面北风呼呼，吹打着玻璃窗，而我躺在奶奶温暖的怀抱里，幸福极了！奶奶，您知道我当时想什么吗？我想：要是天不会亮就好了！孙女是不是很傻？

奶奶，我的记性是不是很好？您走了整整60天了，今年冬天肯定很冷，谁当我的热水袋呀？奶奶，世界上最温暖的地方就是您的怀抱、您柔软的肚子。奶奶，别担心我。我一想您，一想到您的爱，再怎么寒冷的冬天都是温暖的。奶奶，我又想您了！

写于 2019 年 5 月 27 日

妈妈的味道

　　如果你问我：妈妈的味道是什么味道？请让我闭上眼睛，我闻到了一种熟悉而又香甜的味道。瞬间，我的内心充满了幸福与快乐，这就是妈妈的味道——母爱的味道。

　　妈妈的味道，是我衣物上清雅的肥皂味。我的皮肤是易过敏性皮肤，放在洗衣机洗的衣服穿在身上，我就会浑身长红疹，奇痒无比。妈妈看在眼里急在心里。为了不再让我难受，她每次都把我衣服单独放一边，然后用绿色透明皂搓洗，再一遍遍清洗。即使在寒冷的冬天，妈妈的双手长满冻疮，她还是用手给我搓洗棉衣。看着妈妈的双手通红如红萝卜一样，手背上青一块紫一块，我的泪忍不住落下。"妈妈，你不疼吗？"妈妈却一边在太阳下晾衣，一边冲我粲然一笑："一点也不疼！"每次把头埋在晒干的衣服里，我都会用力一吸，我闻到干燥的、温暖的太阳的味道，哦，不，妈妈的味道。

　　妈妈的味道，是妈妈手工小馄饨的鲜香味。从小，我的超级最爱美食就是小馄饨。妈妈一有空，就去超市大采购：香菇、胡萝卜、鲜肉……清洗、切、剁、拌、包……叮叮当当、乒乒乓乓，妈妈一点不怕麻烦，一忙就是一上午，一个个元宝一样的小馄饨排着队，躺在冰箱里，等着我去品尝呢。早晨，妈妈把一大碗冒着热气的小馄饨放在我面前，还浮着香油、小葱呢，我一闻，好香！鲜美的香味被我吸进鼻子里——这是母爱的味道。

妈妈的味道、母爱的味道，时时刻刻都陪伴着我，让我感到幸福与甜蜜！

写于 2018 年 5 月 26 日

追寻学习之乐

夏夜，月色如水，静静地洒落窗前，留下斑驳的树影婆娑。我独坐窗前，一盏台灯、两摞书，独特的身影叠加在窗棂之上。

我紧盯着作业本上的数学题，大脑一片空白。那些黑字与黑白图形，在我眼前变幻莫测，忽大忽小、时远时近，后来越来越模糊……

"请问一下，学习使你快乐吗？"一个陌生的声音传来。我一愣，马上脱口而出："不！绝对不可能！"同时，一幕幕熟悉的画面出现在我眼前：期中考试前，我伏案奋笔疾书，刷题、复习到深夜……考试卷放在面前，分数惨不忍睹，老师不满的叹息、母亲怨恨的眼神，写满了"恨铁不成钢"；整夜为各科练习题绞尽脑汁，我头痛啊，马上又期末了……我一脸无奈："看，学习怎么可能使我快乐？"

"真的吗？"那声音笑了笑，"再看一下吧。"又出现一幅幅熟悉的画面：一年级，我端坐教室，双眼如炬，如饥似渴地吸取新知识，期末考了双百分，班级第一名，站在领奖台上，笑靥如花；二年级，我代表学校参加"经典诵读"比赛，教室、操场上、放学路上……到处都是我捧书诵读的身影，功夫不负有心人，终于过关斩将，成功晋级决赛，在如雷般的掌声中，我眼中满含喜悦的泪花；入三年级后，我坚持每晚抽半小时阅读名著经典，一本又一本；认真摘抄好词好句，一页又一页。知识如甘露滋润我的心田，文学的种子便生根发芽……我在一次次全国、全省的作文比赛中，屡屡获奖。在老师的赞许的眼光、同学们的羡慕声中，我骄傲地抬起头，笑了……此时，内心快乐的波涛，一浪接一浪涌上心头，我呆住了！我原来这么热爱学习，这么快乐！

我沉思：学习使我快乐吗？以前的我，喜欢沉浸在题海里，认为学习比童话更有趣，比探险小说更神奇，战胜一个个难题，内心如同爬上山之巅开阔，又如凯旋的将军般骄傲。拥有知识，就如同拥有整个宇宙，成就感满满。可是，如今，我开始厌倦学习，一遇到难题就想放弃，成绩直线下滑，老师的劝说、父母的教导，都无济于事。

我醒悟：那些在阳光下咀嚼知识、开怀大笑的时光；那些与同学们探讨知识、激动而兴奋的日子；那些在夜晚钻研难题、努力突破自我的光阴……却一下被我厌倦并抛弃了。

回想：学习的过程是多么快乐而充实，多么令人难忘啊！语文如同百花争艳的大花园，千姿百态、姹紫嫣红，每朵花都需要你用心去欣赏，并每每嗅迷人芬芳、沁人心脾；数学如同深邃而丰富的海洋，时而风平浪静，时而巨浪翻滚，激发你一次次去战胜、去搏击，到达彼岸，便可收获黎明的曙光；英语如同一座座高山，只要你坚持每天攀登、不放弃，你就会体会到"一览众山小"的喜悦。

那么，学习使我快乐吗？我回过神，望窗外月如钩、星如棋，会心一笑，精神百倍地写起来……

写于 2020 年 11 月 11 日

小木屋里的花精灵

在一片茂密的森林里，有一座普通的小木屋。它虽简陋，却总充满了阳光。

小木屋里住着一对老夫妇，他们每天都忙忙碌碌的。老奶奶每天忙着做饭、打扫卫生；老爷爷每天忙着种菜、浇花。他们简单而快乐生活着。

直到有一天，年迈的老奶奶得了一场重病，因无钱医治去世了。失去爱人的伤痛，击垮了老爷爷，他从此一蹶不振，总一个人坐在小木屋前发呆、流泪，一坐就一整天，头发全白了，人更苍老了。

有一天，老奶奶的忌日到了。老爷爷去镇上买了一束美丽的百合花回来，放在阳台上的木桌上。老奶奶生前最喜欢百合——看着它，老爷爷仿佛看到了自己的老伴，她正在冲他笑呢，真好！

其实，那束花中的每一朵花里都住着一个花精灵，它们既善良又可爱，还善解人意。它们懂得老爷爷的心思，为了让老爷爷重拾快乐，它们做饭、打扫卫生，如同老奶奶在一样。老爷爷笑着说："老太婆，你一定在和我捉迷藏吧！"老爷爷每天快乐地享受着老太婆为他做的一切，生活真好！

可有一天，老爷爷也病了。花精灵们焦急万分，它们幻化成老奶奶的样子，天天陪老爷爷，拉着他的手晒太阳、聊天。终于有一天，老爷爷含着笑去了天堂。

那一刻，小木屋的周围开满了百合，洁白而美丽，每朵花里都有一个花精灵。

如果你去小木屋里做客，你一定可以喝到花精灵为你泡的茶，特别香甜，因为里面有爱的味道。

写于 2018 年 4 月 15 日

隐形的翅膀

"草长莺飞二月天，拂堤杨柳醉春烟"。清晨，在金色的阳光中，毛毛虫从卵里爬出来，它伸了个懒腰，扭了扭它又黑又细的身体，睁开眼睛，它看到了：蓝天白云，花红柳绿，莺歌燕舞……哇，多么迷人啊！它低下头，大口大口地吃着肥嫩的叶子，又喝了一大口甘甜的露水，便躺在肥大的叶子上，沐浴着温暖的阳光，真舒服呀！

突然，毛毛虫感到身下的绿叶在晃动，一只大手把白菜连同它一起，放入了一个大筐中。原来，农民伯伯收白菜。伴随着车轮声，它不知吃了几次，睡了几回……当再次睁开眼睛时，它看到一个新的世界：高楼大厦，车水马龙，热闹非凡。

太阳落山时，毛毛虫被一个菜篮子从吵闹的菜市场带到了一个安静的家里。随着一声"有虫，好讨厌！"它被无情地扔进了臭烘烘的垃圾桶里。毛毛虫努力地爬啊爬，它费了九牛二虎之力，顺着一架大钢琴，终于爬上了阳台，在一盆花里找到了休息地。它筋疲力尽，躺在叶子上，睡着了……

毛毛虫的美梦被一阵琴声惊醒了，它看到一个七八岁的小女孩正在弹琴。她弹了停，停了又弹，可总弹不成曲。她不弹了，生气地趴在阳台上，自言自语："为什么我总弹不好呢？如果我弹不好，'六一'节时我就不能登台表演，妈妈也不会回来看我了……"说完，她呜呜哭起来。毛毛虫实在不忍心，忙安慰她："别哭了……我跳个舞给你，好吗？"小女孩惊奇地发现一只金黄色的毛毛虫正扭动胖乎乎的身子，她立刻不哭了："好可爱！"她轻轻地摸了摸毛毛虫的头，叹了口气说："同学们都嘲笑我，长得丑，弹琴也难听，没人愿意和我交朋友。"毛毛虫也伤心了："我才长得丑，人们也讨厌我。"小女孩忙说："那我们做好朋友吧！""好呀，那我每天听你弹琴。""好呀，拉钩！""哈哈……"

从此以后，每天清晨，天没亮，小女孩都会起来弹琴，然后向毛毛虫道声"再见"，再去上学。晚上，吃过晚饭，她又专心练琴。这时，毛毛虫总趴在钢琴旁，静静地聆听。"你真棒，今天又进步了！"毛毛虫总是说。睡觉前，小女孩向毛毛虫道声"晚安"，才进入甜甜的梦乡。毛毛虫望着满天的星辰，也渐渐地睡着了……

一天又一天，夏天快到了。毛毛虫越吃越胖，快爬不动了。而小女孩的琴声越来越优美动听了。有一天，她兴冲冲地对毛毛虫说："我被选中参加'六一'文艺汇演了！"可她听不到毛毛虫的祝福了。因为它给自己做了一个温暖的"小房子"，住了进去。小女孩把"小房子"轻放在钢琴旁，喃喃低语："虽然你不会说话了，但我还要每天弹琴给你听。"她相信毛毛虫一定会听到的。

"六一"那天早晨，太阳还未升起，小女孩就起床了。妈妈给她穿上漂亮的公主裙，戴上精美的蝴蝶结发夹。她把"小房子"偷偷地藏在蝴蝶结后面，她要让毛毛虫和她一起登台表演。在等待小女孩上台的漫长三个小时中，毛毛虫努力地挣扎，它要从"小房子"里出来——尽管那么累、那么痛……

终于，小女孩上台了，她坐在钢琴前，轻轻地说："该我们表演了，加油！"毛毛虫又听到了它听了无数遍的曲子。琴声悠扬动听，让人沉醉。演奏结束了，小女孩优雅地鞠躬道谢。这时，从小女孩头顶上飞出一只金黄色的蝴蝶。它围着小女孩翩翩起舞，然后落到了她的手心里。明亮的舞台灯光下，小女孩像小仙女一样美丽。所有的观众目瞪口呆："啊，太美了！"掌声如潮水，久久不息……

小女孩弹的曲子叫《隐形的翅膀》："……我知道我有一双隐形的翅膀，带我飞给我希望，我终于看到所有梦想都开花……"

写于 2017 年 12 月 17 日

瓶子里的冬天

　　雪，精灵般飘飘洒洒降落人间，大片大片的鹅毛大雪，扯絮撕棉似的。我仿佛看到无数只银蝶，在天地间，盘旋、飞舞、盘旋、飞舞……舞姿多么曼妙、多么优雅！怎样才能把这冬天的美丽留住呢？于是，我拿起透明的水晶瓶，决定把冬天的美好都装进瓶子里，永远珍藏。

　　我小心翼翼地捧着水晶瓶，走在童话般的雪世界里。雪魔术师般装扮着世间万物，看！大树穿上洁白的婚纱，屋顶戴上了毛茸茸的棉帽，大地铺上了厚厚的地毯……连可爱的小狗都换上了新装，真是"黑狗身上白，白狗身上肿"，哈哈哈！雪花真调皮，钻进我的眼睛、鼻子、耳朵、嘴巴里，一尝，冷冰冰、甜滋滋的，嘻嘻嘻！我不由自主地想，这漫天飞雪，不正代表着冬天的纯净吗？我高高举起瓶子，让这些美丽的小精灵钻进来。

　　我继续向前走，不知不觉来到梅园门口。阵阵芳香扑鼻而来，我深深吸了一口气，沁人心脾。我循香而来，好美的雪中梅园图啊！雪落红梅压枝低，朵朵红梅，穿着红纱衣，戴着金皇冠，如火般热情，如霞般娇艳，在白雪的映衬下，像高贵典雅的女王。我情不自禁吟诗："风雨送春归，飞雪迎春到。已是悬崖百丈冰，犹有花枝俏。俏也不争春，只把春来报。待到山花烂漫时，她在丛中笑。"冬天，百花凋零，唯有梅花不畏严寒，傲然绽放雪中，梅花不正代表着冬天的高洁吗？我轻轻摘下一朵红梅，放进了瓶子里。

我踏雪前行，来到旁边的小树林里。光秃秃的树枝挂满积雪，变成了毛茸茸的鹿角，美是美，但太单调。这时，我看到树木中间有一棵高大的松树傲然挺立，小塔似的树冠苍翠欲滴，厚厚的大雪压弯了树枝，可松树没有畏惧，依然挺直腰板，屹立雪中。我又吟起诗："大雪压青松，青松挺且直。要知雪高洁，待到雪化时。"我觉得松树不畏严寒，坚强不屈的精神，正代表了冬天的坚强。于是，我摘下一根青翠的松针，放进了瓶子里。

虽然我知道冬天并没有被我全部装进瓶子里的，也装不完。但看着瓶子里代表冬天纯净的雪花、高洁的红梅、坚强的松树，我就心满意足了。我把耳朵贴在瓶子上，用心聆听冬天的声音。

写于 2018 年 11 月 19 日

生死相依"父女"情

——读《义虎金叶子》有感

"人间处处有真情",父母情、师生情、同学情……都曾经感动过我。但今天,我读了沈石溪的《义虎金叶子》,一遍、一遍、一遍遍……我的心灵被一对特殊的"父女"真情深深震撼,内心久久不能平静,情不自禁流下感动的眼泪。

"动物小说大王"沈石溪用生动的笔触,向我们讲述了发生在人与动物间的感人肺腑的故事……

一个命运坎坷的男人——六指头,为了活命,出生时便和母亲逃入深山中。母亲去世后,他独自一人在葫芦洞里生活。一次外出打猎,他捡到了一只刚出生的小老虎,取名"金叶子",收它为"女儿",将它细心养护。这对特殊的"父女"相依为命,生活充满了生机和乐趣。后来"金叶子""出嫁",父女俩难舍难分。不幸的是六指头被抓走了,在将要被当作"琵琶鬼"烧死时,"金叶子"舍弃刚出生的两个孩子,冒死救下了六指头,可自己却被子弹射中,永远离开了挚爱的"父亲"。六指头抱起两只失去母亲的"外孙",发誓要将它们培养成呼啸山林的猛虎!

书中特殊的"父女"情，深深地打动了我。首先是六指头的父爱。他是个苦命的男人，因为那根多余的指头，他一出生就被世人唾弃，差点丧命火海。母亲带他逃往深山，可母亲也早早过世，他独自一人在葫芦洞里和过着暗无天日、无聊至极的生活，是"金叶子"让他感受到了人间真情，感受到怜爱和温暖。所以对于这个"女儿"，他视如珍宝，他把全部的心血都倾注在它的身上，连命都可以不要。为了"女儿"，他万死不辞。为了"金叶子"的生命安全，六指头爬上峭壁，与金雕殊死搏斗，身受重伤；为了救出囚禁的"金叶子"，六指头深入危险重重的土匪窝，差点丧命。因为放心不下"出嫁女儿"，六指头深入羚羊谷探望……伟大的父亲六指头把最深的爱都给了虎女"金叶子"。多么无私无畏的父爱啊！

　　而身为老虎的"女儿""金叶子"，对"父亲"更是孝心感天动地。六指头收留了它，它舔吻他的第六个指头，让六指头感受到了从未有的亲情和温暖。当六指头被象群追赶，生命危在旦夕时，"金叶子"机智勇敢地救父；要"出嫁了"，离开家那天，"金叶子"知道"父亲"最爱鹿茸，它独自捕捉一只马鹿作为回报；当六指头被火烧，生命垂危时，"金叶子"不顾生死，火中救父，自己却中弹牺牲。义虎"金叶子""用最后一点生命……为他争取时间，让他能活着回葫芦洞"。"金叶子"，你的爱感天动地啊！

　　这对"父女"的深情让我羞愧难当。父母为了让我更好地生活，每天辛苦忙碌，而我却懒散，家务不愿做，还嫌他们唠叨，甚至对爸爸大呼小叫。昨天还因为小事惹妈妈生气……多么不应该！我已经十岁了，难道连个小虎仔都不如吗？我要马上给妈妈道歉，晚上一定帮妈妈拖地、洗碗……

　　读《义虎"金叶子"》吧，它不仅会让你明白什么才是"真情"，什么才是"孝道"，又该如何"感恩"？还会教你如何做一个义勇双全的人！

写于 2019 年 2 月 16 日

不畏险难　追求真理

—— 再读《西游记》有感

　　泱泱五千年文明，孕育了生生不息的中华民族，历经沧桑一路风雨走来的中华儿女，脚下满是深厚的文化底蕴，也形成了独具东方魅力的中华传统文化。诸子百家、琴棋书画、古文汉字、诗词歌赋、宗教哲学、民间工艺、戏曲武术等数不胜数，其中影响最为深远、传颂最为广泛的，当属中国文学名著《西游记》。

　　读《西游记》就必须知道唐三藏法师的历史原型人物——玄奘法师，唐贞观元年一人西行五万里，历经艰辛到达印度佛教中心那烂陀寺取真经，前后十七年，学遍了当时大小乘各种学说。公元645年玄奘法师将西游亲身经历了130多个国家的人文、山川、地理、物产、习俗等整理成十二卷近五万字的《大唐西域记》，其爱国及护持佛法的精神和巨大贡献，被世界人民誉为中外文化交流的杰出使者，鲁迅称他为"中华民族的脊梁"。他以无我、无人、无众生、无寿者，不畏生死的精神，西行取佛经，体现了大乘佛法菩萨度化众生的真实事迹。他的足迹遍布印度，影响远至日本、韩国以至全世界。玄奘的思想与精神如今已是中国、亚洲乃至全世界人民的共同财富。

《西游记》以玄奘法师西行取经为主线，通过虚构孙悟空、猪八戒、沙僧和白龙马的护送以及如来、观音、玉帝等一众佛仙妖魔鬼怪，讲述了唐三藏心诚志坚，带领团队一路跋山涉水、攻坚破难、降妖除魔，历经九九八十一难终取真经修正果的故事，是浪漫主义章回体长篇神魔小说。

小时候，我读《西游记》，对于神通广大的孙悟空佩服得五体投地，幻想有朝一日如他一样斩妖除魔，侠行天下。

但是，随着年龄的增长、阅历的丰富，再读《西游记》才慢慢领悟到，《西游记》中最重要的人物还是唐僧。他一路宣扬佛法和亲民敬君，是大唐文化的传播者；他虔敬佛法，潜心学习，是大唐学者的风范；他历尽千难万苦，不达目的誓不罢休，是成功的旅行家。

虽然他没有孙悟空的神通广大，没有取经团队其他成员的那些降妖除魔的法力，但他所拥有的就是明确的取经目标，"富贵不能淫，贫贱不能移，威武不能屈"，又不为美色所动，是真正的大丈夫。

说到坚持和目标，让我不禁想到我的小学生活，那同样也是一段充满风波的旅程。我们小学会有"经典诗词"过关的比赛——分等级，每个人都要参加。本来我对这件事情非常感兴趣，过级也过得一帆风顺，可是人生哪有没有过挫折，我遭遇了两次的过级失败。第二次的时候我彻底颓废，自卑地觉得自己永远都过不去那道坎。那时的我只善于钻研斗志和奋进封锁在心角，我已经忘记何为初心。

直到一个夏天，老师给了我一条明路。老师的肩上有洒落的阳光，他问我："你甘心吗？"一语惊醒梦中人，我想我从不甘心。就这样，我的心里埋下一颗种子。纵我知道这条路并不好走，但是我奋力涌进白纸黑字，在一笔一画中摸索古人的喜怒哀乐，我的心如此平静，因为我知道我已找到方向，就差远航。

每天我都会挤出琐碎的时间默默背书，我的读书声在同学们嬉笑打闹声，我的错题本在同学们的漫画书中飘过，我的刷题卷在同学们的美梦中堆积，当时我东奔西走，请求得到新的卷子不停地做、不停地记录时间。那些日子我们家的灯能开到半夜十点十一点，挤公交车时也会旁若无人地拿出纸条背记。有时候也有想过放弃，但我问我甘心吗？回答是高声朗读。到最后，日积月累做的卷子竟都有了分量。

决定生死的时刻来了。怎么考的？我忘了，只记得试卷上鲜艳的96分。我眨了眨眼，96分。

当班主任将明艳得使周围黯然失色的奖状发在我手上时，我边道谢边抬头望向天空。太阳温和地对我笑，白昼明亮的仿佛黑夜从未发生，而我正在黎明的怀里紧紧握住奖状，哪怕知道黑夜永远吞噬不了我心中盛放的梦之花。

人世间匆匆忙忙，你是否也忘记自己最初的梦想？人生很短，这短短的一趟旅程中，有无数人忘记初心、隐入红尘。所以我才如此喜爱《西游记》里的唐僧，因为他从来都不会忘记自己该去的地方、自己该度的苍生。

唐僧心中有信仰，虔诚而执着，有不达目的不罢休的百折不挠的精神。在取经的过程中虽然困难重重，但他从不懈怠动摇，不为财色迷惑，不为死亡屈服，凭着坚韧不拔的精神，终成正果。

唐僧有为理想而献身的精神。他严明佛法，把西天取经作为自己的事业，把传经布道作为自己的责任，竭尽心力为弘扬佛法而不辞万苦，是敢为目标而献身的理想主义者。

更重要的一点是，唐僧是"真善美"的化身。他严格要求自己和徒弟，信佛向善，时时教导徒弟"以慈悲为怀"，不要杀生、伤天理；同时对待自己的徒儿们严而有爱，对不听自己规劝的徒弟，比如对待孙悟空的"孽障"行为，绝不轻饶，大念"紧箍咒"。但他更多的是爱，夜深人静的时候，一灯如豆，亲手为悟空缝制虎皮裙，体现了浓浓的师徒情。

"有志者，事竟成"。最后，师徒四人终于得偿所愿，见到佛祖，完成九九八十一难。我为他们执着、不畏艰险、锲而不舍的精神感动。

《西游记》中的"真经"就是每个人理想与追求，师徒四人就是追求梦想的你和我。我们在通往成功的路上，可能比八十一难还要多。但是，只要我们有坚定的信念、百折不挠的精神，不抛弃、不放弃，我们必将一路生花，取得属于我们自己的"真经"。

写于 2022 年 10 月 18 日

梦碎红楼

——读《红楼梦》有感

"好一似食尽鸟投林,落了片白茫茫大地真干净!"指尖轻轻拂过这行字。我眼前仿佛真的看见苍茫白雪中,一道一僧一绛洞花主,携着四府的悲欢离合,隐入最初的洁白……

当我最初拿起这本《红楼梦》时,我只轻轻一叹:"又是名著,还是四大名著、文言文……"可在我翻开它,半知半懂地读下去时,我仿佛像一个初学走路的孩子,跌跌撞撞进入花红柳绿,金碧辉煌的贾、薛、王、史四府,在美人轻笑、情人泪眼、痴人幽怨中深入解读离别。我为花团锦簇动心,也为"树倒猢狲散"而落泪。

而其中,最令我共情的自然是潇湘妃子林黛玉。她是"金陵十二钗"中悲剧的代表,是孤芳自赏的空谷幽兰,是"冷月葬花魂"的潇湘才女。而她自然不会只有一面,她帮宝玉代写的《杏帘在望》在元妃省亲时被高度赞扬,是聪慧;她找宝玉时被丫鬟拒之门外,只能一人伤心落泪,是自卑;她和宝玉读《西厢记》笑他是个"银样镴枪头",是对爱恋的娇羞可爱。她亦是反封建礼教的勇敢者,哪怕最后"香消玉断",她也勇敢地走自己的路。"可叹停机德，堪怜咏絮才，玉带林中挂，金簪雪里埋"。此判词中二、三句写的黛玉，似乎她的倒下是天意，但也是在黑暗社会中爆发的无声呐喊。

而往昔种种，都和当时封建社会压迫的背景有着千丝万缕的关系。晴雯被赶出门，寄人篱下最后惨遭病死下场；鸳鸯被贾赦和家人逼迫做小老婆，只能在贾母面前断发强拒；最后到宝钗黛玉新娘替换。不过都是封建社会的腐朽与冷漠，扼杀一朵朵正盛放的花朵，磨平一个个青春年少的蓬勃生命，甚至不惜将一个个豪门拉下水，阶层的不平等与蔑视、男女不平等的束缚及上层社会的贪念和放纵。再怎么用金银珠宝堆砌，也终是一场华而不实的梦罢了。宝玉也应该是明白这个道理，最终哪怕中榜也要出家脱尘。

至于我们这些读者，不过是他们故事的过客，无论是穷尽一生醉倒在红楼，寻味他们的情绪，还是仅当饭后茶资，都无法动摇《红楼梦》文学巨作的地位，其中的血与泪，都是曹雪芹晚年的心血、青年的追忆，值得我们一生探求。

还记得我看过一个视频，"金陵十二钗"穿越到现代，纷纷得以圆梦，过得圆满：诗人、画家、主持人……这是"红迷"们对这些女孩最美好的祈愿罢了。

"一部红楼梦，半部中国史"。《红楼梦》中涉及社会各个阶层，特别是底层人民的苦难，在风花雪月中渗透着血泪。虽红楼梦已碎，但我们，会携着警示经典越走越远……

写于 2023 年 8 月 1 日